52赫兹的回声

饶雪漫

SHARON WORKS

作品

山東文藝出版社

果麦文化 出品

那头深海中孤独的鲸，

犹如海上一座无人经过的孤岛，期待你的停靠。

目录　Contents

001　自序　52 赫兹的回声

007　鱼的尾巴会痛

032　冬天的第九场雪

059　白夜行走的少女

084　被嫌弃的英子的半生

106　抱影子的人

127　从不爱别人

150　一千个假想结局

174　就算不是公主

自序

52赫兹的回声

昨日在西安做校园行，提问环节有个女生站起来问我："雪漫姐，我可以参加你的夏令营吗？"

我说："不行啊，你超龄了。"

全场大笑。

她很坚持地说："破例一次不行吗？"

我提醒她："你都读大学了，应该不需要我的夏令营了。"

她没再说什么，很失望地坐下了。

签名环节，这个姑娘走到我的面前，提出要抱抱我。我站起身和她拥抱，发现她全身抖得很厉害。

"我需要的，雪漫姐。"她在我耳边说，"我一直在等机会参加你的夏令营，不然我总觉得，我的青春少了点什么。"

离开的时候，她送了我一张明信片，上面写着密密麻麻的字。

最后一句是这样的："我一直游弋在浩瀚的大海，而你是化身孤岛的鲸，是我唯一可能停留和驻足的希望所在。"

下面还有她的 QQ 号码。

好吧，我承认我被她的明信片感动了。虽然我仍然没法承诺让她参加我明年的夏令营，但我想，或许我可以为她做点别的什么。

比如，尽快出版这一本夏令营女生故事。

回北京的时候，我特意嘱咐栾栾把那张明信片收好，最好是找一个相框，把它放在我的桌子上。栾栾很好奇，问我："为什么这么重视这张明信片？"

那会儿我们正在去往机场的路上，我跟栾栾讲了一个故事。

故事是我很早之前无意中看到的，非常浪漫。说的是海里有头与众不同的鲸，它这么多年来没有一个亲戚或朋友，唱歌的时候没有人听见，难过的时候也没有人理睬。原因是，这头鲸的频率有 52 赫兹，而正常的鲸的频率只有 15 到 25 赫兹，它的频率一直是独特的。

它独自旅行，独自唱歌，犹如海上一座无人经过的孤岛。

栾栾听完之后，一双眼睛带着泪水，对我说："雪漫姐，我大概懂你的意思了。"

办夏令营这么多年，总有人问我："饶雪漫，凭什么那些女生愿意毫无保留地告诉你她们的故事？"因为信任。或者换句话说，在万千人之中，我能感应到她们的频率。

如果她们是深海当中孤独的鲸，那我就是可以让她们停靠的岛，让她们觉得不那么孤独。

不过，说实话，每一年夏令营开始前，面对一万余封报名信，我都有一种深深的无力感。我恨自己精力不够、影响力不够，我怕我对不起那么多人的信任和等待。所以我总是在即将开营时左右摇摆，希望能找到一个完美的理由，将它推迟或者停办。

但这一次，我又失算了。

因为我的团队比我更加爱这个夏令营。

当我弱弱地说出“你看今年要拍电影，不如我们明年再好好做”这样的话以后，栾栾很干脆地建议：“不如就把夏令营挪到厦门去吧！孩子们还可以参与拍电影，多有意义！”

厦门？人生地不熟，时间又那么紧，可能吗？

令我没想到的是，不过短短三天，他们就完成了所有的准备工作，通知我说：“老板，夏令营可以在厦门如期举行，并且绝不影响你拍电影！”我瞠目结舌。

那天晚上，我很想请他们吃饭，但是被他们很高冷地拒绝了。原因是忙，没空，需要一一和孩子们的家长通电话，敲定所有的细节和注意事项。

“为什么坚持？”当他们几个缩在厦门宾馆里开夏令营的筹

备会开得晕头转向的时候，我唯恐天下不乱地问了这个问题。

佳佳说："为了坚持你的坚持。"

此处应该有掌声，但奇怪的是房间里忽然变得很安静。

然后果子李就带头出来赶我说："老板，你不用烦，赶紧回去休息。明天要状态好！"

那天是《左耳》电影开机的前一天。我从他们的房间溜出来，一个人走在宾馆长长的走廊里，忽然有一种如释重负的感觉。

是的，如释重负。

因为我已经看到他们的成长，并感受到他们帮我承担的这一切。

有了他们，我在朝前冲的路上不再有孤军奋战的感觉。

我在厦门市新华书店第一次见到我的这一届营员。

她们早已和工作人员熟络，却和我还有一定的距离。不过凭多年的经验，我很快就将她们和报名信里的她们对号入座。

"你还真神了，"辰也君说，"这也算是一种超能力吗？"

"也许吧。"我说。

其实我还可以做到更好，比如：她们对我讲一个故事的前半段，我多半都能猜到后半段。她们或许会觉得很有意思，也有可能会觉得索然无味。但有一点我深知，接下来的几天只是一个开始，从此我的人生中将多出二十个好朋友。我将无条件地去分担她们的喜怒哀愁，直到她们有一天再也不需要我。

这是责任。当然，也是一件好事。

算起来，这一本关于女生成长故事的书，是夏令营的第七本书。“这些故事都是真的吗？”每次都会有人问同样的问题，“饶雪漫，你是在利用夏令营贩卖女生们的隐私吗？”

我该如何来回答这些问题呢?

故事当然不全是真的，但可能大家都会在每个故事里找到自己的影子。和以往一样，我只希望这本书能够帮助到更多没有机会参与夏令营的孩子，能够让他们知道，其实有很多人和他们一样，在带着伤携着痛成长。或许很多的不愉快都是成长中逃不掉的必修课，但是真的不必太担心，年少时走错的路，多半都来得及回头;年少时做错的事，多半都值得被原谅;而年少时爱错的人，多半都会被慢慢地忘掉。

这就是我，还有我的团队，坚持十余年，希望能教会青春期的你的最简单的道理。

编辑段年落是第一次跟我的夏令营。读完这本书，我问他怎么样。他说感觉比起以往的几本来,更温暖,好像没有那么尖锐了。

我说 :“这是你想要的吗？”

他回答我说 :“是的。”

他特意把小宁的故事《就算不是公主》放到最后，他说那是他最喜欢的故事，因为就连他自己也被鼓励到。

不管什么样的人生，都是需要被鼓励和温暖的吧。

这才是我写这个系列书的真正的初衷。

我们的夏令营有个微信群。每晚再累，我都会到群里去看大家发的消息。不管是相互问候、聊聊八卦，还是因为一些小事吵吵嘴，我都感觉那里是一个家，一个只属于 2014 年厦门夏天的独特的家。

我很喜欢小宁的个性签名：“风是怎么刮的，冰都记得。”

我加上了一句：“我什么时候会好起来，春天知道。”

而春天，很快就要来了啊。

我得到的是侥幸，失去的是人生

[鱼的尾巴会痛]

曾敏渝

女生档案

姓名：曾敏渝
年龄：17 岁
城市：深圳市
关键词：失语症
个性签名：我得到的是侥幸，失去的是人生

自白

女生故事

睡前三粒药丸。两粒黄的，一粒白的，温水服下。

妈妈端着水杯走出我的房间，替我关了灯。嘴里微苦，我在黑暗中倒下，准备入睡。

半梦半醒之间，我能清晰地感觉到药丸正在我的血液里慢慢溶化，蔓延到我全身的每一个角落。我知道它们将一日一日把我变得愚钝、丑陋、安于天命，最终成为大家都希望我成为的样子。这何尝不是一件好事。

这样的日子，已经持续了两年。

在这两年期间，我没有停止过给我爸妈惹麻烦。我还记得半年前，我妈跪在客厅的地板上，拼命地给我磕头，一边磕一边哭着喊："曾敏渝，就算我上辈子欠了你，你这辈子饶了我可不可以？"

那一次，我把自己倒挂在六楼的阳台上。楼下来了很多人，他们对着我指手画脚，评头论足。我看着每一张因为我而着急或愤怒的脸都觉得分外好笑。

那时候我想得最多的是——我只需要轻轻一跃，估计就能碰到天堂。

我当然没死。

那个救我的消防队员很年轻，听说他只有十九岁。他的眼睛有点像都敏俊。他把我拽下来后，冲着我大声吼道："有病啊，你不要命我还要命呢！"

我顺手抄起阳台上的扫帚想揍他，扫帚刚举起来，没伤到他一根汗毛，他便轻松夺下了我的"武器"。我妈扑过来用双手环抱住我，我使劲挣脱，把她推得老远。然后他的扫帚就啪的一声打到了我头上。

"不作死，不会死！"他说，"你下次再跳，我不救你！"

"谢谢你，谢谢你！"我妈一边谢他一边死命地抱住我不放。其实她完全不用担心，我也很累了。

或许我真的会跳下去，或许我只是玩玩。谁知道呢，我彪悍的人生，从来都是走一步算一步，到哪一天会戛然而止，我才懒得去想。

我叫曾敏渝，今年十七岁。

我读过很多书，知道这个世界上有很多少女跟我一样不幸福。但与她们不同的是，我的家庭很正常，爸妈很恩爱，也很爱我，我受的教育也足够多。和她们比起来，我或许根本就找不到任何可以叛逆的理由。

所以，唯一的理由就是——我有病。

我的确有病，医生给我的诊断是——抑郁症。

我爸妈都是死读书长大的那种优等生。他们大脑机械，崇尚科学，总是医生说什么信什么。

我在五岁那年，有一次发烧差点死掉。检查过后，医生说我营养不良。我爸妈紧张得要死，天天逼着我吃各种食物，直到十岁那年我变成一个彻头彻尾的小胖子。后来我又被查出心脏有问题，医生又说我营养过剩要加强锻炼，于是我又被送进了少年游泳队，学的还是花样游泳。

虽然不是想要把我培养成职业选手，但我的每个周末却因此而被剥夺。遇到比赛，学校的文化课也要停止；每天要在水里泡上十几个小时，等终于站到地面上后，感觉双足已经没有知觉。其实我不喜欢游泳，不喜欢水，同情所有的鱼，可怜它们一生都得泡在水中。但我爸的理论是这样的，女孩子心思不要太多，太多了会活得很痛苦，四肢发达，头脑也就简单了。

他自以为是的狗屁理论把我害得不轻。

我常常想，如果我没有被送去游泳队，我的人生会是怎样的？有一点是可以肯定的——只会比现在好。

我不想提在游泳队吃的苦，反正，我受了很多的罪，吃了很多的苦，在繁重的学习之余学了整整五年的游泳，没有游进国家队，却游进了抑郁症患者的行列。

对我爸妈来讲，这不仅是他们的失败，更是一种耻辱。阳台倒挂事件后不久，我们家搬到了另一个区，我转了学，到了一个完全陌生的环境，在那里没有人知道我的过去。为了更好地照顾和看管我，我妈甚至辞了职，沦落到了在朋友圈卖化妆品谋生的地步。不巧的是，我爸在那半年还动了个小手术，因为身体的原因，一直在家调养。家境每况愈下，还得靠爷爷奶奶接济。我妈又是个特别要强的人，不肯低头，不肯求人，成天除了念叨我就是折磨她自己，老得特别快。

说不上来是不是因为可怜我妈，反正我消停了好一阵子，按时看病，按时吃药，尽可能地好好读书。十七岁生日那天，我还天真地想一切都会过去，我可以像一个正常人一样按部就班长大，一切的灾难和痛苦都会成为不值一提的过去。

刚到新学校的时候，一切平静。我的新同桌边茉茉是个热心肠的女生，见我转学过来没什么朋友，也不太爱讲话，对我特别关心。我虽然早就习惯了一个人，但是也无意去拒绝边茉茉的各种帮忙，有她常常走在我身边，至少可以令我在这个陌生的新校园里不至于显得过于另类。

然而，不巧的是，我转学过来没多久，我原校的一个女生也转了过来，就分在我们班。很快，我的过去就被当作传奇一样在新学校里传播开来。

有一次，我发高烧，烧成了肺炎，在医院里挂了几天水。等我回到学校的时候，那个女生就造谣说我是去医院打胎了。瘦弱的边茉茉气愤地掀翻了那个造谣者的课桌，跟她死死扭打在一起，还被教务主任叫去训了半天话。

我在操场上等边茉茉，看着太阳一点一点地被云吃进肚子。我觉得人生就是个铁笼子，而我无处可逃。如果真是这样，为什么要一直活下去？

“曾敏渝，我想学游泳，你教我好不好？”边茉茉背着大书包从教导处走出来，在我身后说道。

我转身看她，她应该是被批评惨了，气色很差。但她努力朝我微笑，装出一副没事的样子来。

“我很久不游泳了，忘记了。”我说。

“游泳是不会忘记的。”边茉茉说，“我真的很想学，你教我好不好？”

“为什么？”我问她。

“我不相信别人说的任何话，我只相信你。曾敏渝，你是我的好朋友，我愿意跟你在一起，谁都阻拦不了我。”

说真的，我被边茉茉感动了，我的内心好像很久都没有这么柔软过了。我很想抱一抱她，但我最终没有这么做。我早就不习惯与人亲密，我的病还没治好，药还得继续吃下去。我怕我配不上她的友谊。

我没有教边茉茉游泳，但不用怀疑的是，我们的关系变得越来越好。不知道是不是因为边茉茉天性热情，长了一张元气少女的脸，反正只要跟她在一起，我妈也总是放心的。

有个周末，我和边茉茉约好去看电影。我到她家找她的时候是下午一点钟，替我开门的是一个穿白衬衫的男生，唇红齿白，真的好看，我当下就愣住了。

后来我知道，他叫张书桓，住在边茉茉家楼上，比我们大两岁，读大学二年级。

“找茉茉是吧，她在房间换衣服，马上出来。”他招呼我坐下，声音也那么好听。更没想到的是，他那天居然会跟我们一起去看电影，而且就坐在我的右边，离我最多只有 3 厘米。

那部电影的名字叫《分手合约》。

剧情真的很狗血，完全打动不了我，不明白为什么边茉茉会哭得上气不接下气。她夸张的抽泣声搞得我多少有些尴尬，我猜坐在她左边的张书桓心情应该跟我差不离，但是我没敢多看他一眼。

看完电影，我们到电影院旁边的星巴克喝咖啡。张书桓买的单，他把咖啡放到桌上，弯腰体贴地问 :“你们要不要吃个甜品什么的？”

他的声音真的很好听。

“当然要。”边茉茉红着眼睛说，“吃十个都弥补不了他们最后没在一起的遗憾。”

“那是电影，别当真。好好学学你同学的淡定。”张书桓说完看了我一眼，又转身去了柜台。

他是在夸我吗？不管是不是，反正我脸红了。

这样矫情的我，完全出乎我的意料。

“张书桓这个人，从小就讨女孩子喜欢。”边茉茉说，“他小时候叫张大伟，后来我阿姨迷上《情深深雨蒙蒙》里的何书桓，不顾我叔叔反对，硬是拖他到派出所改了名字。”

我在心里想，幸亏他不叫张大伟，不然这个名字跟他的脸太不配了。

“你觉得我跟他合适吗？”边茉茉毫不掩饰地对我说，“我喜欢他哦。”

“挺好的啊。”我说。

“你喜欢什么样的男生？”边茉茉问我。

“想不出。”我说。

“我觉得你根本就是没开窍呢！”边茉茉说，“那些说你坏话的人太不了解你了！”

我笑。

我当然不是边茉茉想的那种在爱情这件事上懵懂无知的少女，反而是过早在这件事情上伤透了心。但我无意跟她讲述我的过去，因为没什么值得骄傲的。有些东西明白得太早，肯定不是一件好事。那些得到都是侥幸，失去的都是人生。

古木言是我们游泳队的一名男教练，快三十岁了，有妻子有女儿。但这并不妨碍队里的女孩喜欢他和崇拜他，这其中也包括我。

凭良心讲，古木言对我是很不错的，平时训练时总会照顾我，知道我喜欢看书，总是帮我从图书馆借我想看的书。我喜欢看他大笑，仿佛所有的不安都融化在了那爽朗的笑容里。训练之余，不管是他给我们讲鬼故事，还是给那一大帮四肢发达、头脑简单的女孩子传授一些他独有的人生哲学，我都会感觉他的眼光最后总会落在我的身上。

“小敏，你是有什么特别的想法吗？”他总是叫着我名字中间的那个字，以他特有的方式表达我在他心目中的独一无二。对于心思细密的我而言，这种微妙的暗示很令我受用。于是在他面前，我也开始慢慢地变得大胆起来。

有一次我问他：“老师，你说鱼会站立吗？它如果站在水里会是什么感觉？”

“尾巴会痛吧。”他说。

围观的“凡人们”哄堂大笑，他们一定觉得我脑子有病。但我相信聪明的他会懂得那些话语里真正的意味。

那时候我偷偷写日记，通篇通篇都与他有关。我曾经以为这种感觉只跟我一个人有关。不幸的是，我的一颗少女心很容易就被他看穿了。

有一次，我动作慢了些，训练到最后，大家都去吃饭了，我一个人在游泳池旁边那个昏暗潮湿的换衣间里换衣服。他推开门进来，关了门，站在门边看着我。

我的衣服只换了一半，吓到不能动弹。

他口气严厉："曾敏渝，你太磨蹭了，这样会拖大家后腿的。"

"对不起。"说着，我迅速地穿好衣服，拿起我的大包走到门口。他挡着路，我没法出去。而且，我觉得他也没有丝毫要让开的意思。

他个子比我高很多，俯下身来在我耳边问："你真的想知道鱼站着是什么感觉吗？"

我不敢吱声，连"嗯"一声都不敢。

"也许我可以让你明白。"他说完，把手放到了我的肩上。

就在这时，外面传来有人走动的声音，他迅速放开了我。

那以后，我知道我跟他之间变得不一样了。我能从古木言的眼睛里看到他对我的喜爱，我知道如果再往下发展，这将是一场无法收场的不伦之恋。但害怕之余更多的是满足，那是我对爱情最初的幻想，虽然这种"爱"在很大程度上令年少无知的我感到不安和惶恐，但我没想过拒绝或是放弃。

有一次训练完回家，我爸有事没能赶来接我，天又下起了大雨，我在路边站了很久都没有打到车。就在这时候，古木言的车停在了路边。他摇开车窗向我招手，我想都没想，开了车门就坐上了他的车。

"我送你回家吧。"他说。

"我家没人，我忘带钥匙了。"一定是因为太想跟他多待一会儿了，我想也没想就撒了谎。

"那我们找个地方打发一下时间。"他说。

后来，他把我带到了市里的一家 KTV，小包间里就我们俩。他唱了很多首歌，还喝了好几瓶啤酒。然后他问我：“你要不也来唱一首？”

我点了一首蔡依林的《看我七十二变》。肯定是因为紧张的缘故，我唱得乱七八糟，到最后都快把自己唱哭了。

“你唱得太难听了，我要惩罚你。”他一边说着，两只手就从后面环抱住了我……

我讨厌他对我所做的一切，却又莫名地依赖他。

直到某一天，队里一个十七岁的女孩走到我面前，清脆地打了我一耳光，和几个人一起把我扔进了水里，我才知道他喜欢的人远远不止我一个。

世上没有不透风的墙，我很快被队里的领导叫去谈话。

“没有那些事。”我说，“古老师一直在帮助我。”

“你不要帮他，他自己都承认了。”领导说，“你是小孩子，你没有错，你有什么委屈都说出来，我们给你做主。”

“他没有对我做过什么，你们要是不相信，可以带我去医院检查，用来证明古老师的清白。”他果然聪明，早就教会我如何对付这些“狡猾”的大人。

不管他们如何对我软硬兼施，我始终没有出卖古木言。可我万万没想到的是，我一回到家里，我爸就狠狠地朝我甩来了一巴掌。我没站稳，直接跌坐到了地板上。

“不要脸！”他骂道，“我怎么养出你这么个不要脸的女儿！”

我惊讶地发现我家餐桌上放着我的日记本。那个日记本是我交到古木言手里的，他拿去之后就没再还给我。

我爸说："你怎么能写出这样的东西，我跟你妈看着都脸红！古老师一直都在帮你，你却还要把他拖下水，是不是弄到人家丢了工作你就开心了？！"

我抢过日记本，发现里面除了我的日记以外，还夹了好多古木言给我写的鼓励的话，其中有一段是这样的："不要总是沉沦在你想象的感觉里，老师愿意做你一生的好朋友，带着你走过最泥泞的青春之路！"

我当时就傻了。

我那么拼了命地护着他，却没想到这么轻易地就被他出卖了。想着爸妈一页一页地翻看着我最私密的东西，想着古木言早就计划好了出事之后如何脱身，我的心中充满了说不出的恨，还有绝望。

我快疯了，只想跟他要一个说法。可是，我给他打电话他不接，发短信他不回。回想跟他之间的种种，我还是不相信他会这样对我，说不定他有不得已的苦衷。

趁爸妈看管不严，我偷偷跑去找他。在他家楼下，正好看到他和他老婆推着婴儿车出来。他老婆长得特别好看，听说以前是花样游泳队的队长，现在开了一家服装店，生意特别好。他们的样子看上去特别恩爱，一家三口其乐融融。

我管不了那么多，径直朝他们走过去，他却别过脸不看我，就这样走过我的身边。

“古老师。”我在他身后大声喊。

她老婆迅速转身，狐疑地看着我。

“你是谁？”她居高临下地问我。

“古老师的学生。”我说。

他把他老婆拉到一边，示意她推着孩子先走。然后他大声对我吼道：“曾敏渝，你不要再闹了！我已经忍够你了。”

他的表情又陌生又冷漠，在那样的表情里，我浑身像被冻住，僵在原地不能动弹。

等我慢慢缓过劲来，走出他家小区，发现他带着他老婆进了一家超市。我快速跟过去，隔着一排货架听到他对他老婆说：“那个女孩脑子有问题，好像是什么狂躁臆想症，反正老觉得我对她有意思。你把小孩看好点，以后看到她走远就是，不要理她。”

我当时一口怨气就顶到了脑门心。

我休学三个月，看了很多的医生，但谁也没能治好我的病。不过我学会了在大家异样的眼光里生存。逃学，和父母吵架，离家出走，整夜泡在网吧里，这些事成了家常便饭。我学会了一次次原谅自己的任性。

之后，我再也没有见过古木言。

一年以后听说他出事了，一个女生的父母告发他诱奸未成年人。这件事当时在我们那里闹得特别大，报纸上、网络上都在报道。我在网上不经意看到他的照片，一向有型的他显得那么落魄，看上去一副永世都不得翻身的样子。

知道他的真面目后，我爸妈紧张死了。

“他到底有没有对你做过什么？”我妈还是不放心，一次一次地问我。

我觉得很好笑，既然当初都不相信我，现在还来问这些有何用？

所以，面对他们的质问，我只能做两件事，摇头或是沉默。

奇怪的是，自从他出事以后，有一阵子，我老是梦见他。有一次梦到他浑身都是水，湿答答地站在我面前对我说：“小敏，你要救我，老师冷。”

这是我无法摆脱的梦魇，在我人生最孤独最叛逆的两年，它反反复复地出现，令我不得安生。

张书桓出现的第一天，我就知道这不是一件好事。他的脸上有一种灾难的气息，令我想起早已经面目模糊的古木言。我反复提醒自己要小心，但却没有办法拒绝他对我的关心。

那次看完电影后，我们又见过几次面，一次是在图书馆，一次是在大街上，还有一次是在他学校的食堂。他明显对我有意思，总是找各种话题逗我开心。

我记得他问过我：“你从小就这么不爱讲话吗？”

“不记得了。”我说，“但我曾经一个多月没讲过一句话。”

“怎么做到的？”他显然很好奇。

“又不是什么值得骄傲的事，没什么好说的。”

我觉得他欣赏我，因为他总是有意无意地盯着我看，在我一不小心与他对视的时候，他会露出大白牙对着我微笑。

我讨厌自己的虚荣。可是，当他第一次背着边茉茉给我发微信，约我见面的时候，我还是答应了他。

那一次我们还是约在电影院，看的是一部狗血到极致的片子，他乐得不行。中间递爆米花给我的时候，我敏锐地感觉到他的手心有汗，弄得我心里潮潮的，有点不可收拾的慌乱。

看完电影，我们又去了星巴克，还是一杯咖啡，一份甜品，还是他买的单。

“我没有见过你这样的女生。”他说，“话这么少，看悲剧不哭，看喜剧不笑，难道这就是传说中的高冷型女神？”

“再加个‘经’字，高冷型女神经。”我说。

他笑得不行，笑完后问我：“你谈过恋爱吗？”

“没有。”我说。

“我才不信。”他说。

“随便你。”我说。

也许是看出来我不太高兴，他连忙缓和气氛说：“对了，听边茉茉讲，你特别会游泳，在水里就像一条美人鱼。”

我心血来潮地问他：“你说鱼要是站在水里会是什么感觉？”

“你一直喜欢研究这些奇奇怪怪的问题吗？”他坐直了身子，看上去好像对我更加感兴趣了。

“偶尔。”我说。

“鱼是不会站立的，小朋友。”他拍拍我的肩膀，“鱼只会在水里游，如果不游，它们就会死掉；就像鸟不飞，也会死掉一样。”

“那人不讲话会死掉吗？”我问。

“跟你聊天太有趣了。”他大笑起来。

后来他经常约我。

不过我们不再看电影，只是聊天。他在大学里学的专业是心理学，经常跟我分享一些有趣的心理故事，还出一些奇怪的题目让我参与他的问卷调查。

我妈很快就发现了我的不对劲。她做了一件费力又不要脸的事——跟踪我。

在张书桓学校旁边那间叫“紫藤花园”的小咖啡屋里，她把我们逮了个正着。

那天，我撒谎说我要去书店买几本书。

张书桓也显得有些紧张，但他很快镇定下来，对我妈说：“阿姨坐，要喝点什么吗？”

见我妈盯着他不作声，他又赶紧说：“我和小敏在聊天呢。”

“聊什么？”我妈问。

“什么都聊，你没觉得她的话比以前多了吗？”

“没觉得，我就感觉她被别人骗了。”我妈气呼呼地说完，才不管张书桓怎么想，拉着我就往外走。我知道我要是跟我妈吵起来的话，张书桓一定更难过，所以我二话没说跟着我妈回家了。

回去的出租车上，我给张书桓发了条微信："对不起。"

刚发送完毕，我妈就把我的手机给没收了。

"你为什么会变成这样？"她当着出租车司机的面痛心疾首地问我。

我没法回答她的问题，因为我不知道我以前是什么样，现在是什么样，我在她心里到底是什么样。为什么每一次我什么都没做，却都像犯了天大的错一样？

但是，奇怪的是，这一次我妈并没有不依不饶，各种追究，而是如同什么都没发生一样，让我继续上学，甚至还把手机还给了我。只是，我再也联系不上张书桓了。如果我没有猜错的话，一定是我妈私下找他聊过天，告诉了他关于我的种种，警告他远离我，不然我出了任何事都要他负责。

我只是遗憾，张书桓是个孬种。我以为我把手伸给他，他可以带我走出黑暗的隧道，谁知道他还是因为怕麻烦半路扔下我，让我独自前行。

边茉茉依然开口闭口都是张书桓，我觉得她真的很蠢。想着她或许是这个世界上唯一真心对我的人，我终于忍不住告诉她："你别那么天真了，张书桓不会喜欢你的。"

"为什么？"她睁大了眼睛看着我。

我说出了他背着她和我约会的事。

"你们牵手了吗？他吻你了吗，抱你了吗？还是他对你做了任何不轨的事？"边茉茉扑闪着大眼睛问我。

我摇了摇头。

“他只是采访你吧，是让你填问卷吧，他就是想写一篇论文啊。”边茉茉敲着我的头说，“是我蠢还是你蠢！”

“什么论文？”我有点蒙。

“昨晚我还去他家看他来着，那篇论文应该快完成了，叫作……《论抑郁症患者的失语倾向》。”边茉茉笑得像银铃，“你忘了他是学心理学的了，他找你聊天的事我都知道啊，是我请他帮忙从心理学的角度多多鼓励你的！你别想太多啦。”

原来，如此。

边茉茉还在笑，我也觉得好笑，真是一件好笑的事，不是吗？

“张书桓说，其实得这样的病很痛苦。他还告诉我你那些痛苦的事好多都是臆想出来的，包括那个姓古的老师，其实根本就没有这个人存在，是这样子的吗？”边茉茉问我。

我答不出来。

如果真是这样该有多好。一切都是幻象，一切都不存在，多么好。

那天放学后，我穿越大半个城市去了游泳队。自从离开后，我再也没有来过这里。我看到很多小姑娘从里面走出来，但我已经一个都不认识了。门卫也换了人，冷着脸问我找谁。我说：“我找古老师。”

“这里没有姓古的老师。”他说。

旁边一个小保安接话说：“以前有一个，死了。”

门卫问："怎么死的？"

"在监狱里自杀的啊。这事闹得挺大的，你那时候还没有来。"

这时，正好有几个穿运动服的女生从学校里走出来，趁那两个保安聊天没注意到我，我悄悄地溜了进去。

过了训练时间，游泳馆里安安静静的，水面没有一丝波澜。我仿佛看到古木言从水里跃出来，阳光照在他的头发和好看的人鱼线上。他对我说："小敏，你想知道鱼站在水里是什么滋味吗？跟我来吧。"

我跃入了水中，无声无息。

雪漫印象

小敏是被妈妈送到夏令营里来的。

她妈妈是我的书迷，喜欢《小妖的金色城堡》。她很坚定地说：“你可以挽救我的女儿，只有你。”

她来的时候已经改了名字，不再叫小敏，她叫自己“铅笔”。

“我喜欢笔直的感觉。”她说，“我讨厌一切弯曲的东西。”

从跟她第一次聊天起，我就知道她特别难搞。她当着很多人的面说话正常，只有我们俩的时候，就开始变得难以捉摸，语速很快，要求也很多，比如：“我不要在集体活动中出头，别特别介绍我，就说我是你的书迷好了。我不吃猪肉。不要逼我洗澡，还有，千万不要跟我妈妈汇报我在干什么。”

我统统答应了她。

她很直接地说：“饶雪漫，我觉得你要么在骗我，要么就是在敷衍我。”

“为什么？”我问她。

“因为我觉得你答应得太爽快了。”

“你觉得我该如何跟你谈条件？”我说，“要不然你教教我。”

“我不教。”她说，“大人都如朽木不可雕也。”

小敏被送进夏令营的时候，已经闹过五次自杀。她妈妈心力交瘁，对我说：“要是再有第六次，我就随她去了。”

夏令营中，她显得很安静，出奇地乖。几乎都没有人注意到她的存在。只是刚到度假村的那个晚上，她给我发来一条微信。

她说：“你为什么不来这里陪我们？你骗人。”

“我明天去。有事走不开。”

“算了，反正我对你不重要。”

我当时正在剧组里开一个很重要的会，没有及时回复她。没过多久，我就接到了辰也君的电话，她对我说：“雪漫姐，你还是赶紧来吧，有个姑娘要退营。”

我猜到是小敏。

从剧组到度假村五十多公里，我开完会到达度假村的时候已经是夜里十二点。我看到辰也君陪着她坐在山下的石阶上，旁边还有几个焦急的工作人员。见我到了，小敏抬起头来，松了一大口气的样子，看着我，突然就笑了。

“不准笑，很好玩吗？你知不知道雪漫姐很累！”因为心疼我，辰也君气愤地推了她一把。

“她来不来我也是要退营的。无聊死了。急什么急，我又不要你们退钱。”

“你是免费营员！”旁边有人提醒她。

“我不要你们报销车费还不行吗？”她振振有词。

我好不容易把她劝回了房间。那个潮湿的小木屋里，只有我跟她两个人。她问我：“你是不是觉得我很自私？”

我说：“是的。”

她说：“我不会再相信任何人了，你说什么我也不会信的。”

“那你这么晚把我叫过来干吗？”我问她。

她被我问愣了，抬起头看着我。

“你知道我很辛苦吗？本来我可以好好睡一觉明早再赶来的。”我说。

“我知道。开营那天，你的眼睛里都是红血丝。可是，我为什么要体贴你？”她很快就变了一张脸，“从来没有人体贴过我。”

“那好吧。”我说，“你早点睡。”

“你不怕吗？”她看着我，“这里山这么高，我要是半夜跳下去，你想想会是什么样的后果？”

“你看着办吧。如果你大慈大悲，明早我们继续聊。”我还是打开门走了出去。

“喂！”她叫住我，“你是不是跟他们一样，从来都没有相信过我？”

“在我相信你之前，先学会体贴别人。”我说完，替她把门关上了。

我有足够的把握，她不会乱来。她只是想将我一军，在我这里换取足够的重视。

看我一脸疲惫的样子，等在门外的辰也君对我说：“雪漫姐，明年真不要做夏令营了，再遇到这种女孩……真是够了。”

我在门外站了好一会儿，缓了缓，转回头去敲门。小敏给我打开门，低着头，不看我。

我说：“你愿意抱抱我，跟我说晚安吗？这样我或许能睡得好一些。”

她还是不看我，但是伸出手来拥抱了我。

夏令营结束后，她留了下来。那天我们正在拍学校的戏，她想要当群演，我就让她去了。那么热的天，她当人肉背景在演员身后走来走去，三个多小时，没有任何抱怨。

结束之后，我对她说谢谢。

她说：“我想到你说的体贴，总想为你做点什么。”

那天我们聊到很晚——她所有的故事都写在了前面的文章里。最后她问我：“你说大家能猜到这是我的故事吗？”

我说：“这个不重要。”

“那什么重要？”

“重要的是，你讲完了，就要忘记它。”

“对不起。”她拥抱我，哭着说，“我会努力的。”

后来，小敏的妈妈按原计划带她去了趟香港，给我发来她们在维多利亚港拍的照片。照片上的小敏笑得灿烂无比，和母亲看上去亲如姐妹。

我当然相信她会痊愈，拥有美好的明天。

我对明天的恐惧，
来自对今天的厌倦

[冬天的第九场雪]

温馨

女生档案

人物：温馨
年龄：17 岁
城市：哈尔滨市
关键词：虚荣
个性签名：我对明天的恐惧，来自对今天的厌倦

白白

女生故事

十岁以前，我爸温建钢是轮胎厂里默默无闻的维修工，做过最有出息的事就是娶了我那漂亮的妈。我们一家人的日子过得平淡无奇，直到我十岁那年，他突然发疯，杀了人，被关进精神病院。

从那天起，我的人生就变成了一部狗血的八点档电视剧，仿佛上帝拿着印章在我身上啪一下戳了个标签——我，温馨，杀人犯兼精神病患者的女儿。而我妈，就是逼疯我爸的罪魁祸首。

“建钢会发疯都是那个狐狸精害的！要不是她整天在外面勾三搭四，我们建钢好端端的怎么会拿刀砍人？！从她进门那天起，我就知道她不是个好东西！”

我奶奶最爱做的事情就是每天下午搬着小板凳往大院里一坐，向围拢过来的七大姑八大姨声讨我妈，说到激动之处，还会呜哇一声哭出来。身边的阿姨们就赶紧安慰她：“老太太真命苦啊，所以说娶媳妇不能光看脸……”

要是我碰巧放学回来，被她看到，她会一把将我搂到怀里，一边哭一边喊：“我的孙女哟，我的宝贝，你爸扔下我不管，以后奶奶就只能靠你了。”

我被她搂得喘不过气，心里特别别扭，却也不好意思推开她。

我跟我奶奶的感情其实并不深，她是个农村老太太，大半辈子面朝黄土背朝天，一个人把我爸跟我小叔拉扯大。她这辈子最爱炫耀的事情就是自己生了两个儿子——虽然两个儿子都不怎么成器，但是没关系，在她看来，只要生了儿子就是无上的光荣。所以，她看不惯我妈多半也是因为我妈生了个女儿。

据说我出生那天，老太太提着两大筐鸡蛋从村里赶来，在产房门口伸长脖子等了三个小时；最后听到医生说“是个女孩”，脸色立马就变了，回头就走，连鸡蛋都没留下。

而我堂弟出生的待遇就大大不同了。奶奶听说是个“带把的”，立刻欢天喜地地赶到城里帮他们一家带孩子，笑眯眯地夸我婶婶有本事。

有次全家人一起吃饭的时候，奶奶话里有话地说：“你们城里人就是娇贵，说什么只能生一个。我看村头的那只癞皮狗都能生好几窝，难道人还不如狗？”

我妈低下头，什么都没说。

那天回去后，我妈突然问我：“馨馨，你想要个弟弟吗？”

我连忙摇头，说：“不要不要，我才不要什么弟弟！”

我妈就抱着我说:“嗯,咱们不要弟弟,妈妈有你一个就够了。”

在我的记忆里，奶奶从来没给过妈妈好脸色。妈妈做什么她都会挑剔，挑剔她太瘦，挑剔她爱打扮，挑剔她干活不麻利，挑剔她做菜不合她胃口……年幼的我都能感觉到妈妈在隐忍，她受了太多太多委屈。更不幸的是，我刚读小学那年，我婶婶嫌奶奶做事笨手笨脚照顾不好我堂弟，唠叨了几句，奶奶一气之下搬到了我家。从此，我们一家开始了不得安宁的日子。

奶奶像皇太后一样住进我家之后，对妈妈更加苛刻了。有一回妈妈炒菜放了一点青椒，奶奶就骂妈妈。妈妈终于忍无可忍，摔了碗与她吵起来。我吓得不敢动，而我爸居然跟没事人一样继续埋头吃饭。我妈彻底崩溃了，指着他大声骂 :“温建钢！你还是不是个男人？！你倒是说句话啊！”

我爸的反应堪称经典，他端着碗，专心致志地吃饭，仿佛什么都没听见，全世界只剩下他和他手里的那碗大米饭。吃完饭，他扔下碗，扔下他妈、他老婆、他女儿，起身走了。

直到现在我都记得当时妈妈的眼神，她眼里像有根燃烧殆尽的蜡烛，在爸爸转身的那一刹那，灭了。

那时候我觉得我爸是世外高人，他大概已经达到了世间无人、唯我独尊之最高境界。直到后来，我读到鲁迅的那句话“沉默呵，沉默呵，不在沉默中爆发，就在沉默中灭亡”，才明白了点什么。

果不其然，我爸在沉默了两年后，彻底爆发了。

那天我放学回家，听邻居说有个疯子在广场用刀捅死了一个路人，我妈还嘱咐我放学就回家不要到处乱跑。没想到，晚上就有警察来我家把妈妈和奶奶带走，他们说，那个杀人的疯子是我爸！

我记得那是个冬天，哈尔滨的冬天总是长得让人绝望，雪下了一场一场又一场。警车从院子里开走的时候，我家忽然断电了。我一个人待在一片漆黑的家里，抱住自己在角落里蹲了大半夜，直到我妈回来，从地上一把扯起我，把我推倒在床上。

“睡吧，明天还要上学。”我妈出乎意料地冷静。

从那时候我就懂得，人在最绝望和悲伤的时候，其实是没有眼泪的。

我爸没被判刑，而是被送进了精神病院。警察说根据《刑法》第十八条规定，“精神病人在不能辨认或者不能控制自己行为的时候造成危害结果，经法定程序鉴定确认的，不负刑事责任”。

我听大人们说，审讯的时候，警察问我爸有没有子女，我爸说没有。警察说：“我们已经看过你的资料了，你有一个女儿。”我爸爸一直摇头，说没有，他从来就没有女儿，从来没有过。

我求妈妈带我去看他。在病房里，我爸像傻了一样，呆呆的，见了我也丝毫没有反应。那个晚上我从噩梦中惊醒，梦到我爸提着刀来到我的床前，我拼命告诉他我是他女儿，可他根本不认识我。

我伤心地想，也许，我爸跟我奶奶一样，打心眼里不想承认我这个女儿吧。

关于我爸为什么会发疯，谁也说不清楚。我奶奶则一口咬定是我妈害的。有天大清早，我还在睡觉，就听到外面吵吵闹闹。我跑出去，看到我奶奶、小叔、婶婶等好多亲戚都来了，要把我妈从家里赶走。他们人多势众，把我妈的衣服鞋子全扔出家门。我妈就穿了件睡衣，头发乱了，拖鞋飞了，光着脚站在雪地里。那是我记忆中妈妈最狼狈的一刻。我妈是个很漂亮的女人，年轻时走在大街上都有人追着要签名，以为她是香港来的大明星呢！

我从门边拎了我妈的一双皮鞋，推开大人们，跑到我妈面前一把抱住她。这些平日里与我们在一个桌子上吃饭的亲戚变成了张牙舞爪的妖怪朝我们扑来，我撕心裂肺地哭。奇怪的是，我妈竟然一滴眼泪都没掉。

奶奶指着我妈破口大骂：“你给我滚！这不是你家！”

我妈弯腰套上鞋，把我护到她怀里，小声问：“你愿意跟妈妈走吗？”

我忙不迭地点头：“愿意！”

不一会儿，一辆宝马从巷子口开进来，停在我们面前。车里下来一个男人，他帮我妈把行李放进后备厢，我妈二话不说拉着我坐上去。在所有人瞠目结舌的表情里，男人带着我们扬长而去。

那男人是我妈的小学同学，追了我妈很多年，得知我妈落难后立刻赶来英雄救美。后来，他成了我的继父。

我的继父是个煤老板，有钱，没文化，最爱跟人吹牛——他二舅子的叔叔的弟弟的大学同学是某国家领导，还跟他一起打过麻将啦；他邻居家的小儿子的干爹是哪个黑道大哥，当年一起喝过酒啦。他最爱吹的，是我妈这个大美人当年如何对他芳心暗许、投怀送抱，屁！我听着都觉得搞笑。我心里很清楚，要不是被逼无奈，我妈才看不上他。

“做人要知足。没有他，咱们娘俩现在只能去睡大街。吃的、穿的、用的都靠他，你有什么资格抱怨？”

说这话的时候，我妈正在厨房给他做水果沙拉。一个大男人不能自己拿着吃吗？非要切成小块放碗里才吃，恶心不恶心？偏偏我妈特有耐心，把他服侍得跟皇帝一样。他跟狐朋狗友整夜整夜打牌，我妈就坐边上陪着，时不时往他嘴里送水果。

每当这时，我就心酸地想，我妈这样跟丫鬟有什么区别？

我跟继父的关系一直不冷不热，他知道我不喜欢他，当然了，他也未必喜欢我。平时在家里，只要我妈不在，我们俩可以一整天不跟对方说一句话。

第一次和他发生正面冲突是在一次过年的时候。他照例呼朋唤友叫了一大帮人来家里熬夜打麻将。晚上十二点，我都睡了，我妈突然叫我过去。

我一推开门，扑面而来的烟味熏得我睁不开眼。继父坐在牌桌前，一桌子人都喝了酒。他看上去心情很不错，醉醺醺地把我招到他身边，从牌桌里抽出一沓钱，笑眯眯地说：“小美人，给你压岁钱。”

我看了我妈一眼，她冲我点点头，于是我伸手去接，小声说了句谢谢。

谁知他把钱捏得紧紧的，不让我拿走，慢悠悠地问："你谢的是谁？"

我一下子明白了他的意思，他想让我改口叫他爸爸。这事我妈跟我提过几次，他甚至还想让我跟他姓，我拒绝了。虽然我跟亲生父亲感情也并不深，但是对着这个整日打牌喝酒吹牛的煤老板，"爸爸"两个字我实在叫不出口。

一桌子人都看着我，我涨红了脸，气氛尴尬极了。我把手松开，钱索性不要了，我又不缺那点钱。我正准备转身走，我妈却一把拉住我，将钱塞到我手里说："你爸让你收，你就收下。"

她这是在逼我就范！一瞬间我愤怒极了。不知道什么时候，他们俩站在了同一阵线，而我成了他们共同的敌人。我讨厌这种感觉！我把钱往桌上一拍，大声说："谢谢叔叔，我长大了，不需要压岁钱了。"

没来得及看煤老板的表情，我逃也似的离开了。

那次之后，我妈就再没提让我改口的事。有一天，她突然问我想不想转学去一中。一中是我们市的重点中学。有一句话是这么说的："只要读了一中，一只脚就跨进了重点大学。"以我的成绩，读一中根本不可能，我压根没想过。再说，一中很远，需要寄宿……

我恍然大悟，需要寄宿，这才是重点。

容不得我不答应，煤老板就用他强大的人脉资源，迅速把我安排进了这所传说中的重点中学。新学校在鸟不拉屎的郊区，这意味着我以后要隔两周才能回一次家。我妈帮我打包好行李，煤老板喜气洋洋地开着车，把我送了过去。

我妈压根没有考虑过我被突然扔进陌生的环境可能会不适应，也没考虑过我会不会被欺负，反正在她的观念里，重点中学的学生个个都是遵守中学生行为规范、单纯善良友爱互助的孩子。

事实证明，她错了。

有人的地方就有江湖。

进一中后我才知道，学校里的学生分两派：一派是学霸，他们凭真本事考进来，成绩好得仿佛是外星人；另外一派是关系户，成绩差，但家里有钱，给学校交了几万块“择校费”。

两派都打心眼里瞧不起对方。

而我呢，好像两派都算不上，所以变得特别游离。

那是我最孤独的一段日子。在以前的学校，我成绩说不上好，但也不至于太烂。来到这里，我就彻底变成了“吊车尾”，每天上课，却压根听不懂。刚来的那一个月，大家没摸清我的底细，没人来找我搭话。我性格也比较冷淡，不太会主动跟人交朋友，所以只能每天独来独往。

没过多久是校庆，学校准备搞一台大型的晚会，要求每个班都要出一个节目。原本以为不关我的事，谁知有天中午，我照例一个人在食堂吃饭，突然有三个女生在我面前坐下。

“你是十二班的温馨吧？”

问我话的女生叫颜靖，是隔壁班的。我之所以会记得她，是因为她很漂亮，跟她一起的两个女生也很亮眼。这三个人好得像连体婴，去哪都要黏在一起，所到之处必定引来男生的口哨、女生的艳羡。

颜靖说："校庆晚会上，我们文艺部要排一个舞蹈。有个女生摔伤了腿，你们班主任说你以前跳过舞。今天晚自习结束后你来舞蹈室，我看看你的功底。"

她甚至都没问过我想不想参加。我后来才知道，颜靖做事的风格就是这样，她从来不考虑别人的感受。

那天下了晚自习，我想闲着也是闲着，就去了舞蹈教室。其实我好几年没跳舞了，但底子还是在的，她们跳的是街舞，也没什么技术含量，我还算里面跳得好的。就这样，我跟她们慢慢熟悉起来。不管怎么说，这是一件值得高兴的事。至少，在新学校沉默孤单了两个月后，我总算交到了朋友。

颜靖是学校的校花，家世很好，穿的用的全是名牌。另外两个女生一个叫娜娜，一个叫唐欣。娜娜疯狂地热衷于减肥，每天至少要称十次体重，吃每样食物都要计算热量。唐欣成绩烂得一塌糊涂，全年级倒数，有个在技校读书的男朋友，每天晚上翻墙进来和她约会。她们就是那种每个学校都会有的姐妹花，每天花一半时间打扮，另外一半时间思考自己明天该如何打扮。我觉得她们挺蠢的，但不幸的是，我已经成了她们的一员，因为只有跟她们在一起，我才可以不孤独。

我们排练了一个月，校庆时我们的节目反响最好，我也因此一下被很多人认识。我遗传了我妈的优点，长得还算漂亮，再加上经常跟颜靖她们混在一起，没过多久就有传言说我是一中四大校花之一。在别人口中，我长得漂亮，家里又有钱，简直是天生的公主。当别人赞美我的时候，我只是微笑着不说话。当然没有人知道，我是杀人犯的女儿。

我的生活也因此有了变化，以前寝室、教室、食堂三点一线，现在每天忙得要命。早上颜靖起得晚，我和娜娜还有唐欣要去食堂帮她打饭，中午陪她偷偷溜到校外的理发店吹造型，晚上被她们几个拉着聊八卦。

她们聊得最多的，是一个叫王子轩的男生。他是学生会会长，我在篮球馆见过几次，很帅很有型。最重要的是，他是颜靖的男朋友。

不过，他们最近似乎在冷战，颜靖一口咬定王子轩在求她和好，是她不愿意。我不太相信，谁都看得出来，分明是她对人家念念不忘。

有一天下了晚自习，唐欣去和男朋友约会，颜靖突然说她的睫毛膏落在教室，让娜娜帮她回去拿。我感觉她是故意支开娜娜的，果然，娜娜一走，颜靖就对我说："温馨，你知道王子轩吧？"

我心想这不废话吗，你们天天聊的都是他。

她说："我听说学校会评选校庆最受欢迎演员，我想找王子轩打听打听结果。但是你也知道我跟他最近闹得比较僵嘛，你帮我约他这周末见个面如何？”

我问她：“为什么不让娜娜或者唐欣帮你问呢？”

“哼，别以为我看不出来，她们俩都对他有好感。”

“你就不担心我也喜欢上他？”我开玩笑说。

“没关系，反正他不喜欢你这种类型的。”

我听出了她的潜台词是：他看不上你。我隐隐有些不爽。

王子轩读高三，功课很忙，但无论多忙，每周五他都会去篮球馆打球。我按照颜靖的吩咐，逃了一节晚自习去篮球馆，果然看见王子轩，他正和一帮高三的男生打球。我不太好意思叫他，站在球场边犹豫了半天，直到有个男生跑来捡球，顺口问了我一句：“你找谁？”

我小声说：“王子轩。”

他笑嘻嘻地回头大声喊：“轩爷，有小妹妹找你！”

旁边的男生坏笑着起哄，把我当成了来递情书的花痴，我着急地大声辩解：“是颜靖叫我来的！”

他皱了皱眉，把球扔给队友，向我走来。

“她又怎么了？”我听出他的口气有些不耐烦。

“她说……那个……想找你问问，最佳演员，学、学生会的那个……”我突然紧张得结巴起来，话都说不清楚，更丢人的是，我竟然开始打嗝！一个接一个，完全止不住！

王子轩愣了一下，竟然转身走了！我傻愣愣地站在原地，窘得简直想咬舌自尽。谁知过了一会儿，他又回来了，手里拿了瓶矿泉水。

“快喝口水。”他拧开盖子将水递给我。

我一仰头灌了大半瓶，呛得眼泪鼻涕一起流。他终于忍不住笑了，我又闹了个大红脸。不知道为什么，一到他面前我就变成了傻帽儿。

“她是想问校庆最受欢迎演员的事吧？你告诉她那是全校投票评选的，结果还没出来，学生会也不清楚。”

“你亲自告诉她吧，她想这周末约你见面。”

“我没时间。”他说。

“可是……她想听你亲自跟她说。”

“真是没完没了。”他抱怨了一句，然后转身对队友说，“我先回去了。”

我跟着他走出篮球馆，还没下晚自习，路上没什么人。我们并肩走着，气氛有些尴尬，他突然问：“你们班化学是张老师教吧？”

我点点头，转念一想，他怎么知道我读哪个班？

“你认识我？”我问。

“当然，高一（12）班的温馨嘛，我们宿舍有个小子喜欢你。”

我的脸又红了，不知道该说什么。也许是看出我的窘态，他立刻转移了话题：“校庆那个舞蹈，只有你有舞蹈功底，她们都在瞎比画。”

我傻笑了一下，又把话题绕到了颜靖身上，说：“要不，你给颜靖打个电话？”

“我把她的电话删了。”他说。

突然，我灵光一闪，对他说：“要不这样，你打我的电话，我每天都跟她在一起。”于是我把我的电话号码告诉了他。这是我第一次主动给男生电话号码，而他也没有拒绝。我们走着走着，就走到了我的宿舍楼下。

“到了，你回去早点休息。”

我这才反应过来，原来他是特地送我的。我终于明白为什么这么多女生喜欢他了，他真是个绅士。

“那我明天中午给你电话。”

“好的。”

我心情愉悦，哼着小曲儿蹦蹦跳跳上楼。颜靖站在我宿舍门口，一副望眼欲穿的模样，看样子是在特意等我。

“怎么样？他答应了吗？”

我摇摇头，说：“他说他没时间……”

我刚想说“但是他明天会给你打电话”，颜靖的脸却突然晴转阴，不由分说地把我骂了一通：“要你有什么用！这点事情都办不好，你脑子长来做什么的！”

她劈头盖脸骂完，气冲冲地走了。

奇怪了，我还是心情特别好。

第二天中午，娜娜偷偷问我：“颜靖今天怎么了？好像心情很不好的样子。”

我摇摇头说不知道，这种时候我还是什么都不说为妙。

“早上被训导主任叫去办公室了，让她把头发染回黑色。”唐欣说。

正说着，颜靖端着盘子坐下来。“我就奇怪了，老师们都是心理变态吗？为什么不能容忍大家美美地来上学？不许这不许那，搞得一到学校就只能面对一群土鳖，谁有心思学习啊！”

娜娜和唐欣立刻附和说对。我的手机响了，是个陌生号码，接起来，一个好听的男声传进我耳朵。

“温馨吗？我是王子轩。”

我噌一下站起来。

颜靖白了我一眼，说：“你干吗？”

我握着手机一溜小跑跑到没人的地方。

“你、你好。”

“颜靖在你旁边吗？”

我看了一眼不远处的颜靖，她正斜着眼看旁边一个穿校服的女生，看表情我就知道此刻她一定在骂别人是土鳖。我心里突然升腾起一股厌恶，鬼使神差地说：“不在。”

“对了，你喜欢看电影吗？”他问。

我下意识地点点头。

“我有几张电影票，再不去就过期了，你周末有时间吗？”

我想也没想立刻说：“当然有！”

“那就这么定了，到时候我打电话给你。”

我挂了电话，脑子里一片空白，刚刚发生了什么？王子轩居然约我去看电影？！我是在做梦吗？！

我恍恍惚惚坐回去，颜靖问："谁啊？这么神秘。"

我慌张地说："我、我妈。"

颜靖倒也没怀疑，就这样被我糊弄过去。那之后的每天，我都过得晕晕乎乎的，满脑子都是周末要和王子轩看电影的事。

周五我回了趟家，翻出自己最好看的衣服。到了周末，我早早起床把自己打扮了一番，出门时连煤老板都忍不住多看了我几眼。

我妈问我："你要去哪？"

"我去同学家给她过生日，待会儿直接回学校。"

我在心里默默排练着到了电影院之后该说什么，我可不能再像上次那样冒傻气了。可是，到了那儿我才发现，原来不是我们两个人约会！王子轩竟然叫了七八个人，完全不是我想象中的状况！

"我们这个群体，只吸纳真正懂电影和喜欢电影的人。"王子轩说。

"凭什么你觉得我是那种人？"我好奇地问他。

"直觉。"他看着我，很真诚地说。

虽然没能跟他"二人世界"，但我也算因此认识了他的朋友。他们有一个电影爱好群，经常一起聚会。我拼命恶补电影知识，终于跟王子轩他们打成一片。我在学校里混得越来越如鱼得水，甚至有人说我才是一中的校花，要知道，这个头衔以前可是颜靖的！

有一回他们组织郊外野餐，一个女生突然问我："对了，从来没听你说起过——你家里做什么的？"

我犹豫了一下，硬着头皮说："我爸自己开公司。"

"哦，大老板，难怪。"

"难怪什么？"我敏感地问。

"难怪用得起 Miu Miu（缪缪）啊，你这个钱包是今年的限量款吧？"她这么说，连王子轩都回头看了一眼。其实这钱包是我妈的，她觉得颜色太花哨了不喜欢，顺手给了我。要不是那个女生提起，我都不知道是名牌。可是王子轩的那一眼让我的虚荣心噌地膨胀起来。

"对了，你以前是四中的吧？"王子轩问。

"嗯。"我点点头。

"我们班新转来一个女生，好像也是四中的。"他随口说。

我心里咯噔一下。

没过多久，校庆票选出来的最受欢迎演员终于揭晓了，万万没想到，得奖的居然是我！

在人来人往的食堂遇见颜靖，我对她说："亲爱的，你的实力有目共睹，这个奖我实在受之有愧。我去跟子轩说，让学生会重新发起一次投票吧。"

颜靖终于爆发了，她冲我吼道："你以为你是谁啊！谁稀罕这个破奖啊，送我我都不要！子轩是你叫的吗？！你再敢这么叫他，老娘撕了你的嘴！”

所有人都停下来看好戏，我委屈得眼泪汪汪。就在这时候，王子轩出现了，他像擎天柱一样挡在我面前。

这下颜靖火气更大了：“我就猜到你跟她关系不一般！”

“颜靖你嘴巴放干净点。”王子轩的声音里已经有了怒意，他拉着我转身就走。

“王子轩你给我站住！”颜靖歇斯底里地吼道。

王子轩就真的停下来，回头说：“我们已经分手了，请你以后别来打扰我，也别再找温馨麻烦。她跟你不一样，她是个很单纯的女孩。”

刚刚还趾高气扬的颜靖此刻像一只斗败的公鸡，眼睛红红的，似乎马上就要哭出来。

没有人知道，我是故意的。

我看到王子轩也在食堂，才故意去招惹颜靖。我清楚以她的脾气一定会对我发飙，我早看不惯颜靖了，想给她点教训，只是没想到效果会这么好。

经此一役，颜靖低调了不少，而我彻底取代了她，成为新一代的校花。

我每天都过得飘飘然，没有想过一切虚荣都是肥皂泡，轻轻一戳就破了。有一天放学，王子轩送我回家，快到我家时，他问：“温馨，你爸爸住院了吗？”

我回道："什么意思？"

"我们班转来那个女生穆婷婷说你爸有精神病，还杀过人，我说她肯定弄错了。"他顿了一下，看着我，"你爸不是做生意的吗？"

"当然了。"我佯装镇定。

"我就知道他们嫉妒你，乱传八卦！"

"我有什么好嫉妒的？"我问。

"你跟他们都不一样！"王子轩说。

我忽然有一种莫名的幸福感。我希望我能抓住这种幸福，永远都不放手。

"你喜欢哈尔滨吗？"我缩着脖子问王子轩，"这里总是这么冷。"

"很喜欢啊。"王子轩说，"记得在每年冬天第九场雪的时候许愿，会很快实现的，不信你试试！"

那天我回到家里，煤老板一个人坐在沙发上，我没有看到我妈。

"爸，下周有家长会，你去帮我开好吗？"我委曲求全地问他。如果他肯去，王子轩就会相信我。是的，我的想法就是这么单纯。

"家长会？我跟你妈离婚了，你们打哪来的回哪去，我养了你们这几年也算仁至义尽。"他斜着眼看着我说，"赶紧收拾收拾你的东西，早点滚蛋！"

"什么？！"我震惊得不行，"我妈天天跟个丫鬟似的伺候你，你玩厌了就跟她离婚，你还是个人吗！”

“伺候我？她伺候的是你亲爹！这些年她没少偷偷给你爹打医疗费，那都是老子的钱！一个神经病有什么好治的，我看你妈也有神经病！”

我目瞪口呆。

那个周末我过得浑浑噩噩。我妈不在家，只留了张纸条说去上海见一个神经科医生。我真想知道她脑子里在想什么！煤老板让我滚，可我能去哪？回去跟我奶奶住？光是想想我都毛骨悚然，我现在可是一中的校花，怎么可能住回那个破败的平瓦房！

我推开窗，发现窗外竟然下雪了。我不知道为什么冬天来得这么快，而每一个冬天对我而言，都意味着灾难的来临。我有种不祥的预感，我怕我等不到王子轩说的第九场雪，我想我可能来不及许任何愿，那些不该发生的事就已经统统发生了。

果不其然，周一的体育课上，班主任突然来叫我。

“温馨，你奶奶来看你了。”

果然，年级办公室里坐着一个灰头土脸的农村老太太。我吓得魂飞魄散，赶紧跑过去想把她支走，走近才发现，她旁边还有一个人！

我已经很久很久没有见过他了。

他已经变成了一个小老头，穿着一件皱皱巴巴的羊毛衫。谁都看得出来，他的智力不正常，逢人就嘿嘿傻笑。奶奶手里捏着一块手帕，时不时去擦他嘴角的口水。

奶奶看到我特别高兴，说：“你们学校可真偏啊，我找了好久。你爸的病好多了，我带他来看看你。我孙女有出息，都读一中了。”

我整个人都蒙了，拼命把他们往外面赶。

“你们快走吧！我还在上学呢！”我都快哭出来了。

“快让你爸爸看看你，快让你爸爸看看你。”奶奶哭着说。

我一路拖着我奶奶到操场，一路不敢看我爸。正在上体育课的王子轩跑了过来，他手里抱了一个篮球，阳光帅气地看着我，问我说：“温馨，干吗呢？”

“快让你爸看看你，快让你爸看看你！”我奶奶还在念。

我浑身发抖，拼命摇头说：“不是，我不认识他，我不认识他……”

说完，我放开我奶奶想要逃走，却听到身后那个痴痴傻傻的男人突然从喉咙里喊出两个字。

“馨馨。”

他叫我的小名，馨馨。

他记得我！他居然记得我！

那一瞬间，我彻底崩溃，大哭起来。我想起我小时候，我们家日子过得清贫且平淡，他没让我坐过宝马，也没让我住过别墅，却在每一个打雷的夜里帮我捂住耳朵，喝汤的时候帮我挑出我讨厌的香菜，放学路上把我高高地举起来，喊着“馨馨飞咯”。

他是我的爸爸啊。

此时此刻，我打心眼里厌恶我自己，为什么不肯面对自己的生活，连最亲的家人都不敢面对。在王子轩震惊而又嫌弃的眼神里，我终于明白，毁掉我人生的不是别人，是我自己。没有人可以救赎我，我也不值得被原谅。

雪漫印象

温馨是这期夏令营中长得最好看的姑娘，很多工作人员都这么对我说。

我觉得她是见过世面的姑娘。在和《左耳》演员见面的活动中，她一进去就坐到了“张漾”身边，非常积极地与他交流。不过，她因为太想尽快融入这个陌生的团队而刻意表现出的挑剔和张扬引来了大家的不满。她也意识到了这一点，直到当晚活动结束，她都一直低着头，没有再参与任何讨论。

不得不说，她真的很漂亮，怎么看都像个千金大小姐。但出乎我的意料，她自理能力很强。我听她妈妈说，她自己坐车赶到哈尔滨机场，误机之后自己去改签，在机场等了六个多小时；到了厦门之后也是自己找到酒店，没有麻烦任何人。我表扬她这么神勇，她就嘿嘿笑了，似乎完全忘了刚刚活动中的不愉快。

夏令营的第二天晚上，营员们在会所围坐成一圈聊梦想。这个环节感动了很多姑娘，好多人都在角落里擦眼泪。她也是，在角落里一直哭，是哭得最伤心的那个。

我们不可避免地聊到了她的爸爸。一提到“爸爸”两个字，她漂亮的眼睛瞬间含满泪水，爸爸是她永远不想谈及的痛。

“雪漫姐，你知道吗？过去的几年，我是靠对他的恨成长起来的。我觉得他是世界上最不称职的爸爸，我一辈子都记得他跟警察说他没有女儿。今天听了青芜的故事，她说她爸妈多么不理解她，她多么孤独，我反而越听越羡慕！至少她爸爸精神是正常的啊！他能和她一起吃饭聊天，关心她的学习，我的爸爸呢？我的记忆里从来没有这样的画面。”

“虽然这话有些残忍，但是温馨，你要学会接受自己的命运。上天没有给你一个完美的好爸爸，但这不能成为你自怨自艾的理由。”

“我知道……”

“那之后你跟爸爸见过面吗？”

“没有了。”

“你不想见他？”

出乎我的意料，她摇摇头，说：“我觉得自己没脸见他。”

我松了口气，相信她至少希望自己变得更好。

她跟我说他们的校园“甄嬛传”，讲她如何一边心存鄙视一边巴结校花，又用心机取代了校花的位置，用的是自嘲的口吻。

聊到她在食堂利用王子轩的那一幕，她说：“当时我觉得自己很牛，根本都没有排练，计谋哗啦哗啦就从脑子里出来了。”

我扑哧一声笑了，问她：“你打哪学的？《甄嬛传》？”

“我也不知道，可能我天生就是一个坏人吧。”

说这话时，她低下了头。

我立刻安慰她：“不，坏人才不会自省呢。你会觉得愧疚，知道自己做错了，就凭这一点，你就是个好姑娘。”

“真的吗？雪漫姐，我以前觉得颜靖挺坏的，但后来发现，原来我自己更坏！我现在特别特别厌弃我自己。”

“一直这样可不行，既然知道自己错了，那就努力改变现状吧。”

“怎么改变？”

“先从道歉开始吧。”

我跟她的交流并不多，她是个非常聪明的姑娘，一点就透。她甚至不太需要我的开导，她需要的，只是有个人拍拍她的肩，告诉她：亲爱的，你不坏，你有很多机会弥补自己的过错。

夏令营结束一个月后的某一天，她给我发了条微信：“我今天主动跟颜靖说话了。”

“她怎么说？”

“她说‘哼’。”

我看着手机笑了半天，她果然跨出了第一步。

她很少跟我联系，最近的一条微信是这样的：“每周末我都会去看爸爸，他情况时好时坏，有时候还是不认识我。但我想通了，不管他认不认识我，都是我爸爸。雪漫姐姐，不管怎么说，谢谢你，谢谢你们所有的工作人员。”

善良的女孩值得被爱，也值得被拥抱。岁月无可回头，但没关系，大胆走下去吧。

我只担心一件事，
我怕我配不上自己所受的苦难

[白夜行走的少女]

兔子

女生档案

人物：兔子
城市：武汉市
年龄：18 岁
关键词：依赖
个性签名：我只担心一件事，我怕我配不上自己所受的苦难

自白

女生故事

我叫兔子，今年十八岁。

我出生在一个非常奇怪的家庭。在我的记忆里，我家永远静悄悄、阴森森的。我从来都感觉不到我爸的存在，他每天下班回来就埋头吃饭，吃完把碗一扔就去看电视，不会主动跟我和我妈说话。好像这个家对他而言只是宾馆，我跟我妈只是前台小姐。相对于我爸，我妈的存在感就比较强，因为她的人生只有两个乐趣——打我，以及打麻将。

我五岁那年，有一回吃饭不小心打翻了碗。我知道自己做错了事，哆哆嗦嗦把碗捡起来。我妈看到了，顺手拿起衣架就抽我，一边抽一边骂："我养你这么大，连个碗都端不稳，你装给谁看？！死不要脸的！"

直到现在我都不能理解，怎么会有人骂自己的女儿不要脸呢？更何况我只是打翻了碗而已。后来我长大了些，在大人们语焉不详的议论中，我得知爸爸在外面包了个“二奶”，是个“不要脸”的女人。

我想妈妈一定受了很多委屈吧，所以从小我就很懂事，我告诉我自己要乖一点，不能给她添麻烦。从幼儿园开始，老师对我的评价都是：这孩子很老实。

老实如我，还是经常受到妈妈的责骂，她经常为一丁点小事就歇斯底里。小孩子挑食很正常，可在我们家这就是不可饶恕的罪过。有一回我吃完饭，碗底剩下了一些肉，我妈把筷子往我脸上一扔，咆哮道：“你是瞎了吗？为什么不吃完？！你嫌我做得不好吃是吧？你有本事去外面自己找个妈呀！”

她不停地大喊大叫，连邻居都惊动了。她还不准我哭，我只能躲在卫生间，用水声掩盖自己的哭声。

因妈妈的强势，我从小养成了孤僻的性格。又因为性格孤僻，我在学校也没什么朋友。我仿佛是班上的异类。我的衣服都是黑色的，因为黑色耐脏，我妈可以少洗几次。我的刘海很久都不修剪，长长地遮住了眼睛。我不会主动跟人说话，久而久之也没人来跟我说话了。坐我后座的女生嫌弃地说：“你怎么跟个活死人似的？”

从此我的外号就成了“活死人”。

我讨厌这外号，却不得不承认，它真的很贴切。

记得有一个雨天，我站在车水马龙的十字路口，伸出一只手感受着冰冷的雨滴，心里突然萌生出这样的想法：“我这样活着还不如死了算了……感受不到父母的爱，学习也不好，大家都讨厌我……说不定死了，可以去另外一个世界。”

我无意识地一步一步走到马路中间。很快，绿灯亮了，车辆向我疾驶而来，我却一点也不想躲开，幻想着汽车把我撞得血肉横飞的画面——当然，我没有如愿，交通协管员一把将我拉到马路一边，嘴里念叨着：“小姑娘不想活了是吧！”

我多想告诉他，对啊，我就是不想活了。

这样绝望的日子持续到初中，直到我遇到了张老师。

张老师年纪不大，她是师范学院的学生，来我们学校实习，正好被派到我们班。

我还记得她来的第一天。她穿着一条碎花的连衣裙，裙角飞扬，在我身边坐下，小声问我：“你旁边有人吗？”我慌乱地摇摇头，甚至不敢置信地问她：“你要坐这里吗？”

因为长期被孤立，我向来是一个人坐，没有人愿意和我同桌，连愿意和我说话的人都很少很少。可张老师却不介意，她微笑着点点头，打开她的笔记本，还提醒我要专心听课。

从来没人这么和气地对我！而接下来发生的事更让我受宠若惊！

下课后，我正准备收拾东西回家，张老师叫住了我。

“兔子，你等一下。”

我很惊讶地问：“你怎么知道我的名字？”

“你的书上写着的呀。”她笑着说。她笑起来眼睛弯弯的，像一弯月牙。我真羡慕像她这样笑起来好看的人，我的眼睛小小的，笑起来就是一条缝儿，当然我也很少笑。

她翻开我的书说："我看你上课都在走神，没认真听是吧？"

我的脸一下红了。

"如果你不急着走，我给你把这一章的知识点梳理一下，你们不是马上要期中考了吗？"

我愣愣地重新坐下，愣愣地听她轻声细语地给我讲课，愣愣地看着她对我笑，买晚饭给我吃，送我上车回家……从来没人对我这么好，从来没有。如果有人问我天使长什么样，我一定告诉他——天使穿着花裙子，笑起来眼睛弯弯的。

我和张老师渐渐熟悉起来。有一天她看到我额头乌青，问我怎么回事，我支支吾吾地说是自己撞的，其实是前一天晚上我妈又借题发挥把我打了一顿。

她不信，以为我是被小混混欺负了，说："你不告诉我实情，我就去你家家访。"

"你去了也没用。"我脱口而出。

"为什么？"

"没用的，我爸不管我，我妈只会打我。"

她不信，用质疑的眼神看我。我讨厌她用那种眼神看我，索性撸起袖子给她看我妈昨天的"丰功伟绩"。

她惊呆了，问："谁打的？！"

"我妈。"

“你做错了什么？”

“谁知道呢，最大的错是生在这样一个家庭吧……”

那天，张老师带我买药。药房里有个老中医坐诊，她让我去号脉。我起初不愿意，不好意思花她的钱，她硬拉着我去了。

老中医把了我的脉后，惊讶地说：“你这么小，怎么会郁闷得这么严重？是不是长期心情压抑？”

这老中医真神，这都能看出来！

出了药房，张老师牵着我走到公交站等车。在那里，我把压抑了这么多年的委屈统统说给她听。这是我第一次跟别人说我那冰冷的家庭，我麻木的爸爸、暴躁的妈妈，我生活在那个家里每天度日如年，甚至想一死了之……

张老师听完，非但没有嫌弃我，反而摸着我的头，只说了一句话：“这些年真是委屈你了。”

我顿时泪如雨下。

因为张老师的到来，我开始喜欢学校，喜欢听课，特别是她教的化学，有一次考试我居然拿了全年级第一！张老师激动地一把抱住我，奇怪，我感到了前所未有的幸福。回到家，我把卷子拿给我妈看，跟她说我考了全年级第一，她却冷冷地说：“就你们那所破学校，考第一有什么值得骄傲的？”

她对我一贯是这样的态度，我也习惯了。以前我可能会绝望多一些，但因为张老师，我的人生有了一丁点亮光。这点亮光对我来说太珍贵了，我想抓住它紧紧不放。

张老师总是劝我多读一些书，说读书对我有好处。有一天，她送了我一本叫《白夜行》的书。我翻开书来，其中一句话我印象深刻：

我的天空里没有太阳，总是黑夜，但并不暗，因为有东西代替了太阳。虽然没有太阳那么明亮，但对我来说已经足够。凭借着这份光，我便能把黑夜当成白天。我从来就没有太阳，所以不怕失去。

那时的我还不知道，不久后这一丝光也会被上天夺走。

有天我们随堂考试，我又考了全班最高分，化学课代表发到我的卷子时发出一声冷哼。我知道他早就看不惯我了，因为张老师给我开小灶，我次次都考得比他好，让他颜面无存。

他发完卷子后在我课桌边磨磨蹭蹭不走，我就知道准没好事。果然，他开口道：“你知道张老师申请留在我们学校任教吗？”

一听到“张老师”三个字，我立刻竖起耳朵。

“她教书教得那么好，留下来也很正常。”我说。

“哼，可是学校没同意。”

“为什么？！”

“因为风评不好呗。”他语气嘲讽地说。

我站起来怒视他，说：“你什么意思？！”

“还不是因为你，现在全校都在疯传她是‘拉拉’，别说你不知道。”

“你胡说八道什么！”

“谁胡说八道了？！自己做得出来，就别怪别人议论。”

他人高马大，顺势推了我一把。我一个踉跄摔倒在地，地上的玻璃碴正好刺进手心，可我感觉不到疼，也许是因为愤怒占了上风。

他转身背对我时，我迅速从地上爬起，一把抓过手边的铁簸箕朝他的头砸去。只听哎呀一声，他摇摇晃晃地转过身，摸了摸刚被我砸破的后脑勺，血冒了出来。他还没来得及说一句话，眼睛一翻就倒了。

全班顿时像炸开了锅——

“快去叫老师！”

“他是不是死了？”

“抓住兔子！她是杀人犯！”

急救车一路呼啸着开进学校，把倒霉的化学课代表带走了。看着他苍白的脸，我一下子害怕起来。是的，我现在才害怕，万一他真的死了怎么办？那我岂不是要杀人偿命？

班主任气势汹汹地把我叫到办公室，我听见他在打电话：“喂，你好，请问你是兔子的家长吗？”

我不知道他是给我爸还是我妈打电话，如果是我爸，他肯定会麻木地说：“我不想管她，你们把她抓去坐牢吧。”

如果是我妈，她会破口大骂吧，用最难听的话把我骂一通，然后无情地挂断电话。

这些我都不在乎，我只在乎张老师。一想到张老师，我就撕心裂肺地疼。真的是我害了她吗？她现在一定很恨我吧。她那么热爱教书，那么努力地工作希望留下来，可因为我……

一想到这里，我真是万念俱灰。班主任还在打电话，现在他似乎是在跟化学课代表的父母打。办公室大门敞开着，他应该觉得给我十个胆我也不敢逃跑吧。就在那一刻，我下定了决心，闭着眼睛跑出办公室，朝顶楼冲去。

我站在教学楼的楼顶，楼不高，9 层，但也足够让我的脑袋摔开花。风呼呼地在我耳边吹过。从上面俯瞰下去，我们学校还是挺美的，正值盛夏，百花齐放，绿树成荫；近处是在操场上打球的同学，天边是一道紫色的晚霞。

可是这样的美景不属于我，我的世界里只有灰和黑。

很快就有学生发现了我，他们尖叫着在楼下围了一圈。我的班主任出现在我面前，他气喘吁吁地爬上天台，脸色发白，比我还像快死的人。

"你不要想不开，化学课代表只是晕倒，他没事，缝几针就好了。我们没人怪你，你快下来。"

"不关他的事，我早就不想活了。"我的声音异常冷静。

"我已经通知你妈妈了，她马上就过来，她来带你回家。"

我笑说："你别骗我了，我妈恨不得我早点死，她怎么可能来？"

“十分钟，最多十分钟她就来了，我陪你一起等。”他靠近了一些，伸手试图把我拉回去。

“你别过来，你过来我就直接跳了。”为了印证自己的话，我朝前又走了一步，下面一阵骚动。

没过一会儿，我真的看到了我妈。看到她的时候我惊呆了，她来了，而且，她居然在哭！

她流着眼泪，哆哆嗦嗦地和老师一起劝我：“兔子啊，你下来跟妈妈回家，你别吓妈妈。”

她什么时候对我这么轻声细语过？

我冲她喊：“你别骗我了，我现在和你回家一样会被你打死！反正都是死，不如现在死了痛快！”

“我保证以后再也不打你了。你是我唯一的女儿啊，我只剩下你了。”她哭着说。

可我一点儿也没有被打动，她那是鳄鱼的眼泪。我每天和她朝夕相处，她从来不关心我，现在我要死了她才知道哭，晚了。

“你走，我不想见你！”

“那你想见谁？我给你找来！”班主任说。

“我要见张老师！”我脱口而出。

“张老师今天回学校写论文了，你等等，我马上叫她来！”

我这时才发现，天台上里三层外三层围了不少人，校长、副校长、教导主任，平日里我见不到的学校高层领导现在全都在我面前陪着，生怕我跳下去葬送了他们的前程。

也不知道过了多久，突然有人喊了一声："张老师来了！"我喜出望外，对周围放松了警惕。说时迟那时快，我还没反应过来怎么回事，就被一直站在我身边的保安拽住了胳膊。他将我死命地往里拉，我脚下没站稳，狠狠摔倒在地。只听咔嚓一声，我的手臂摔断了。

就这样，我轰轰烈烈的自杀行动宣告失败。搞笑的是，我没死成，反而因为骨折住了两个星期医院。

我妈也许真是被吓到了，那两个星期对我的态度真的有所好转，不再动不动就打我。我爸还是老样子，几天不见人，好不容易见到了就长吁短叹，骂我"丧气"。

张老师来过一次，给我带来鲜花和水果。我很想跟她说对不起，想问她能不能留在我们学校，我有很多话想对她说，却被她抢先开口。

她说："我要走了。"

我瞪大眼睛，问她："你要去哪？"

"出国留学，去荷兰。"

我的眼泪唰地流下来，问："为什么？你不要我了？"

她愣了一下，但还是耐心地替我掖了掖被子，和风细雨地说："你这是耍小孩子脾气。我有我的选择，荷兰是我一直想去的地方，现在我能去了，你应该为我高兴啊。"

我哗一下掀开被子，大声哭喊："我不高兴！我为什么要高兴，你去了那么远的地方，那我怎么办！"

护士和我妈都闻声赶来，我不管不顾地扯掉手上的针头，对她说 :“你要走可以，你带我一起走，我现在就跟你走！”

她皱着眉说 :“兔子，你不要无理取闹。我要去哪里、该去该留都是我自己的选择。我把你当妹妹，心疼你，但这并不代表我要对你的人生负责。”

那是她第一次用这种严厉的口吻对我说话，我彻底呆住了。

那一晚我哭了很久很久，张老师带来的花被我扔出窗外，我伤心极了，前所未有地伤心。是因为背叛而伤心吗？不是，是失望，我以为她是我生命中的光，原来她不是，她那么轻易地抛下了我。

从那时候起，我学会了自残。

我把这一切都拍照发给张老师。我想用伤口告诉她，她离开后我是多么无助和孤独。刚开始她还会回复我，开导我叫我不要伤害自己，到了后来，她就很少理我了。直到她出国的前一晚，她发短信给我，只有短短几句话 :“我以为我能帮你，但我不是圣人，你的依赖成了我的负担，对不起。”

我再打她的电话，电话那头就只有一个冰凉的女声不断重复着 :“对不起，您所拨打的号码已停机……”

我心如死灰。

初三那年，我妈坚持要带我去看心理医生。我觉得她真搞笑，该关心的时候不关心，该爱我的时候不爱，现在把我扔给心理医生，希望人家把我改造成一个乖宝宝给她送回去，哪有这么好的事。我一直觉得那个心理医生是骗钱的，一小时五百块，最后我被诊断为青少年行为情绪障碍，在医院住了三个月。

我中考考得一塌糊涂，进了一所很烂的高中。

读高中的我依然没有朋友，依然独来独往，依然只穿黑色的衣服，依然是个“活死人”。唯一的好处是，因为手上的疤太过招摇，没人敢来惹我了。

升入高二后，我们学校新开了一个心理辅导室。起初我没有在意，觉得这是学校为了申报重点中学的面子工程而已。后来辅导老师文老师来班上给我们上了一堂课，她提到抑郁症，列举了抑郁症初期的症状，一共 15 条。她先是让符合一半的人举手，然后符合 10 条的人举手，符合 13 条的人举手，最后是全部符合的，只有我一个人举了手。

下课后她让我跟她回办公室。她的办公室不在主教学楼，而是在已经不用了的实验楼，这里很少有人来。后来的很长一段时间，这里成了我的世外桃源。

她对我说“随便坐”，然后给我倒了杯茶。

接杯子的时候，我伤痕累累的手臂暴露在她眼底，其实我是故意想看看她的反应。我已经习惯了人们在看到我的伤口后露出吃惊的表情，可她却跟什么都没看到似的，仿佛我只是戴了一块很普通的手表而已。

她在我对面坐下，问：“你叫兔子是吧？”

我点头。

“我听说过你。”

我不解地望向她。

“你们班主任把你当作重点关注对象，要我留意你，不过……”

她故意停顿了一下，我果然被她吸引，眼睛一眨不眨地盯着她。

她笑了笑，说：“不过，见到你，我反倒觉得你只是只纸老虎，没他们说的那么无药可救。”

“你……凭什么这么说？”我小声问她。

“告诉你一个小秘密吧，监狱里文了身的犯人往往是最胆小的那类。他们自卑，缺乏安全感，所以不得不借助这些东西来伪装自己。在我看来，你手上的疤也不过是伪装。你是故意给别人看的，想让他们怕你、远离你，不是吗？”

我被她说得一愣。

“如果你愿意相信我，以后每周四的中午来我这里，我们可以聊聊天喝喝茶。”

可是我不愿意相信她，我怕她像张老师那样，骗取了我的信任，最后只有一句轻飘飘的对不起。

很快到了周四，下了课我飞速收拾书包离开，跟做贼似的。可就是那么倒霉，当我小心翼翼逃出学校的时候，竟然正好撞到了文老师！她和另外一个老师在学校门口买东西，见到我，她竟然主动和我打了招呼。

“嘿，兔子。”

“文……文老师好，我，我回家拿作业本！”

我闹了个大红脸，胡乱解释着。

她也没在意，跟旁边的人说说笑笑地回学校，仿佛忘记了那个约定。我暗自松了口气，可就在我转身准备走的时候，听到旁边的老师问她：“你中午有事吗？”

她答：“原本约了个学生，不过她应该不来了。”

我愣在原地，什么都说不出来。

我当然没有回家，这个时间我妈肯定在外面打麻将，我爸不知去向。我在街上漫无目的地游荡，走在市民广场，正好有一辆献血车,车上挂了条横幅——“你想为社会做点贡献吗？你愿为他人献点爱心吗？请参加无偿献血！”

我突然觉得，我长这么大，从未为别人做过些什么，也从未被别人需要过，心里生起一股悲哀。于是我走到献血车里，对医生说我想献血。

医生笑了，问道：“小妹妹，你满十八岁了吗？”

我摇头。

“未成年人是不能献血的，不过你精神可嘉，我送你一个本子吧，只有献过血的人才有的。”

我拿着这个本子梦游似的回学校。在学校门口，我又遇到了文老师！我怀疑她是故意在这里堵我的！

我就像被老猫抓住的耗子，在她面前不敢抬头。她问：“这就是你的作业本？”

我才想起刚才随口说的那个谎话，把那个本子藏在身后。

“你去献血了？”她惊讶地问。

“我想去，可人家不让未成年人献血。”

她声音柔和下来，说道：“傻孩子，你身体这么差，就算成年了人家也不敢抽你的血。”

她递给我一个面包，说：“你没吃东西吧？”

我点头。

“快吃吧，马上要上课了。以后你不用叫我文老师，叫我文杨就行。”

虽然我觉得直呼其名有些“以下犯上”，但文杨说她女儿也这么叫她。听她这么说的时候，我心里微微触动了一下，这是不是代表……她把我当作她女儿了？

中秋那天我爸没回家，我妈又跟我吵架。她现在打不动我了，表达愤怒的唯一方式就是哭，哭得整个楼道都能听见。她一哭我就心烦，像有一万只蚂蚁在我脑袋里爬。

“这个家我待不下去了！让我死了算了！”

她哭着喊道：“你再这样折磨妈妈，妈妈也不想活了。”

“你不是我妈妈，我不要你这样的妈妈，文杨才是我妈妈！”

我甩开她跑出家，跑了好远才发现自己身无分文。我给文杨打了个电话。

“你在哪？我想见见你。”

我几乎不抱希望，毕竟今天是阖家团圆的中秋节。可二十分钟后，她竟然真的出现在了我面前！她开着车，笑着说 ：“我正好在这附近给我女儿买衣服。”

一个跟我年纪相仿的女孩在副驾驶冲我友善地挥挥手，她是文杨的女儿梅子。

文杨真好，真贴心，她没有问我手臂上的伤是怎么来的，只是默默带我去包扎，给我妈妈打电话。我说我不想回家，她就带我回她家吃晚饭。

那是我第一次去文杨家，从踏进她家门的那一刻起我就确信，这才是我想要的家！跟我冰凉阴森的家完全相反，这里和煦温暖。梅子的爸爸热情博学，不像我爸爸是个赌鬼，还一年难见几次面。文杨体贴温柔，与梅子的爸爸是模范夫妻。生活在这个家里的梅子是当之无愧的小公主，她过着我做梦都不敢奢望的生活。

在饭桌上看着对面的一家三口，我不止一次地想，如果我生在这个家，一定不会是现在这个样子吧？我的手上一定不会有那么多丑陋的疤痕吧？我的人生一定很幸福吧？

于是我对文杨说 ：“我想做你的女儿。”

她说 ：“你先答应我以后绝不伤害自己。”

我忙不迭地点头，把她替我盛的汤一饮而尽。那晚我跟她一起睡，在她怀里我把关于张老师的一切都告诉了她。我哭着对她说 ：“我只是想要一点点爱而已，为什么他们都不肯给我？ ”

她没有回答我，只是温柔地拍着我的背哄我入睡。

从那之后，我心里突然踏实了。过去的十几年，我都是没有妈的孩子，像一朵漂泊的蒲公英，如今终于找到了属于自己的土壤。

在学校里，我最讨厌上体育课，因为体育训练要求两人一组，从来没有人愿意和我一组。我趁老师不注意，偷偷逃到文杨的办公室。

“你怎么不去上课？”她问。

“我不喜欢上课，也不喜欢他们，我就想和你在一起。”

我以为她听到我这样的深情“表白”会感动，谁知她却突然坐下来，正色道：“你想过张老师为什么离开吗？”

我浑身一僵。

她看着我的眼睛，一字一句地说：“你的问题在于，你太依赖别人了。”

我立刻觉得自己全身像过了电，浑身颤抖地指着她问：“你是不是觉得我太依赖你了？你也要离开我，对吗？”

她说：“你不要这样考虑事情。”

我的眼泪唰地流下来，哭喊道：“我不听！都是借口！我知道你也嫌弃我，他们都在传我有精神病，你也害怕我吧？”

“你冷静一下，我们坐下来慢慢谈。”

我不想跟她谈，也不想冷静，我只觉得这里压抑得要命，我都快吐了！

我夺门而出。因为还是上课时间，学校大门关着，我突然觉得自己像一头困兽，被关在笼子里很久很久了。虽然在别人看来我很可怕，但我真的从来没有伤害过别人，为什么他们都不喜欢我？为什么他们都要离开我？

我哭着跑下楼，突然撞到一个人，我抬头看，竟是梅子。

“你怎么了？”她问。

我甩开她，她一把将我拉住，说：“你心情不好吗？要不要找我妈跟你聊聊？你不要有负担……”

一听到“负担”两个字，我立刻火了！张老师临走时的那句“你的依赖成了我的负担”似在耳边回响。我敏感地问：“文杨是不是把我的事告诉你了？她答应过我不会说的！她这个大骗子！”

“你在说什么啊？我妈怎么骗你了？她为了你劳心劳力，你别不知好歹。”

这时，文杨从楼上跑下来，一边跑一边打电话：“是的！病人现在情绪很不稳定，你们最好带镇静剂过来……”

跑到门口，她猛地停下，说不出一句话，因为她看到了难以置信的一幕——我握着一块刀片。

这块刀片我一直随身携带，认识文杨后我已经很久没有自残了，没想到今天再拿出来，竟然是对准了文杨的女儿。

我流着泪问她：“你从来没把我当成你女儿，我只是你的病人，是吗？”

她的声音在颤抖：“你冷静一点，这是我的工作，我是想帮你。”

你们每个人都说想帮我，可为什么你们让我越来越绝望呢？我不知道什么是依赖，我只知道，你们是我冗长黑暗中唯一的光。我想抓住那一点点光让自己活下去。

我的天空里没有太阳，总是黑夜，但并不暗，因为有东西代替了太阳。虽然没有太阳那么明亮，但对我来说已经足够。凭借着这份光，我便能把黑夜当成白天。我从来就没有太阳，所以不怕失去……

雪漫印象

兔子的大名我老早就听说过。

每年夏令营都有一两个“重点关注对象”。在筹备期间，兔子的名字被工作人员高频率提起，与之伴随的词语是“跳楼”“抑郁症”，听起来，好像真的是个“问题少女”。

第一次做夏令营的小佳不无担忧地说：“真的要她来吗？如果出事了怎么办？”

我安慰她说：“如果她报名信里写的都是真的，那我们就更要让她来了，她需要我们的帮助。”

开营仪式上我没怎么注意她，毕竟大家都穿着一样的营服。到了晚上活动的时候，她突然变得扎眼起来。因为是开营第一天，大家新鲜劲还没过，其他人都穿着早上发的营服，只有兔子换了衣服。她穿了一件性感的黑色长裙，配黑色的松糕鞋，长长的刘海盖住眼睛，再加上手腕上触目惊心的刀疤，往那儿一坐，浑身上下都散发着“别来惹我”的大姐大气息。

就连我们的工作人员看到她都有点怕怕的。

第二天是去《左耳》剧组参观，大家体验了一次群演工作。那时正值厦门最热的时候，剧组起早贪黑在大太阳底下一拍就是一整天，又热又累。去之前我们已经做好了营员会抱怨的准备，特别是被重点关注的兔子。

出乎我们意料的是，她非常配合！孩子们换上天中的校服，化妆师简单地给大家化了妆。轮到兔子，化妆师没有考虑，直接拿遮瑕膏往她还没有愈合的伤口上涂。果子李看见了，急忙阻止化妆师：“这么涂她伤口会感染的吧？！”

兔子却摇摇头，说：“没事。”

果子李用清水把她伤口上的遮瑕膏洗干净后，拿了个创可贴给她贴上，暂时遮住了伤口。可还是感染了。这么热的天，创可贴又一直捂着伤口，这傻孩子居然一直忍着没撕开让伤口透气。

果子李因此愧疚得不行，到处找云南白药帮她涂，可她还是一副无所谓的表情，连连摇头说没事。

后来每次提到兔子，果子李都一副快哭出来的表情，说：“她真的不是大家之前想的那样，这孩子特别特别特别善良。”

我也发现了，她虽然不爱跟人接触——经常一大堆孩子在一起聊天，她站在一旁发呆、叹气，但只要有人主动接近她，她还是很配合的。我还了解到，她来之前给夏令营的每个人都准备了家乡特产，可是没有自己送，而是托另外一个营员送给大家。她吃素，但没告诉工作人员，通常是面前有青菜她就吃，没有就埋头吃米饭。通过后来对她的了解，我知道她只是不想给人添麻烦。

跟她聊天的过程其实很累，她全程都低着头，我问一句，她答一句。不管我说什么，她都用自己的方式把我驳回去。直到我跟她聊到我的书，我问她最喜欢我书中的哪个人物。

她说："《小妖的金色城堡》，我羡慕七七，我指的是妖精七七的原型。"

"为什么？"

她说："因为即使她死了，你们都还记得她，她死也是值得的。"

"可是，你有没有想过，她走后，我，还有所有关心她的人，只要一想到她，不管过了多少年，都会伤心啊！"

我说到这里，她终于抬头看了我一眼。只是她的刘海太长了，我看不清楚她的眼睛。

但那一刻，我相信她已经被我的话打动。

"人不能太自私。"我说，"得为爱你的人多想一想。"

她挽起衣袖给我看，左手臂上有一道很长很长的疤。

"你最后没有伤害梅子，对吧？"

她低下头，没有说话。

"你是个善良的孩子，你不忍心伤害别人，但为什么总伤害自己呢？"

她说："这些话我已经听过很多遍了，也许是因为我㞞吧。

你们每个人都说要帮我，但每个人最后都会走，我已经不相信你们了。”

“你觉得我能帮你吗？”我问她。

她摇摇头说：“那么多人要你帮，你怎么顾得上我？”

“那你还来参加这个夏令营干吗？”

“我就是想来看看你。”她说。

我说：“你记住了，陷进泥潭别人能帮的只是搭把手，最终还是需要你自己爬上来。没有人一定要为你的人生负责，除了你自己。我觉得我可以教会你的是‘自己爬’这件事。”

“啊。”她恍然大悟地看着我。

我抱了抱她，没再说什么。

在厦门图书馆做讲座的那一天，兔子坐在第一排。几天的活动之后，她显然已经跟夏令营的姑娘们熟络起来，有朋友的感觉令她放松了很多。我一边讲一边注意观察她，很高兴地发现她居然笑了。兔子笑起来的时候，还真是好看。我希望她能一直这样微笑着生活下去，我希望她真的会懂，不是每一个人生来就强大，把所有希望寄托在别人身上，除了失望还是失望。在光照不到的地方，我们都要学会做自己的太阳。

兔子姑娘，你一定可以！

我没有说过要爱你，
你也可以保持沉默

[被嫌弃的英子的半生]

英子

女生档案

人物：英子
城市：株洲市
年龄：17 岁
关键词：孤独，不信任
个性签名：我没有说过要爱你，你也可以保持沉默

自白

女生故事

我六岁那年，爸妈离婚了。在法庭上，我妈就说了一句话，她只要求离婚，其他什么都不要，这“其他”当中，也包括我。

坦白讲，我心里一直都清楚，他们离婚是早晚的事。可是我没想到,我妈竟然会对我这么无情。闭庭之后,我爸拽着我往外走。我妈走在前面，依旧走着猫步，像是 T 台上的模特。离婚这件事似乎没有给她带来任何打击，她依旧漂亮得无懈可击。

我使劲甩开我爸的手，像疯了一样冲到我妈的面前，哭喊着拽着我妈的衣服，说:“妈，你带我走吧！我不要跟我爸一起过！”我永远都记得我妈的眼神，她盯着我，就像是看路边的一个乞丐那样，不带一丝感情，甚至还带着一点鄙夷。她打掉我的手，用嘲讽的语气说道 :“你爸有本事，你跟你爸待着吧！”

说完，我妈坐上她新男友的车绝尘而去，我站在原地泣不成声。我爸走了过来，踢了我一脚，骂道：“闹够了没有？还嫌不够丢人是不是？还不给我滚回去。”

我爸是个酒鬼，每天喝酒跟喝水一样，跟我妈离婚以后喝得更多了。我放学回到家之后根本就看不到他的人影，晚饭基本要靠自己解决。直到有一次我做饭时睡着了，天然气烧起来，差点把房子给烧了，我爸才把我奶奶接了过来照顾我。

在此之前，我很少去奶奶家，与她的感情不深。但有人照顾总比没人照顾好。可是奶奶来了后，我不得不忍受她在饭桌上的唠叨：“英英啊，你可一定要争气。你看，你爸有病，你妈也不要你了，真是造孽哟，你要是再不努力可怎么办……”

我知道奶奶的话没有什么恶意，可是每次听到这些话的时候，我都会觉得特别难过，就好像是刚结痂的伤口又被人撕开了。我胡乱扒了两口饭，跟奶奶谎称自己要写作业就溜进了自己的房间。奶奶还在外面絮叨着什么，配着电视机常年都在播的家庭伦理剧里那些雷人的台词。

我想起爸妈离婚前，我妈指着我奶奶的鼻子说：“你儿子有病你为什么骗我？你们这属于骗婚，我能忍这么多年已经不错了！”

我觉得我的一切都糟糕透了，我妈可以走，但我不能。

我爸有很严重的被害妄想症。在我十二岁那年，他的病愈发厉害了，每天都在幻想着别人要谋杀他，好几次喝多了酒犯病之后都会疯疯癫癫地跑到我的房间里钻到床底下，嘴里还嘟囔着：

“不要杀我，把你们的枪拿走。”

一开始我会害怕，会掉眼泪，后来次数多了，我便也习惯了，甚至有时候会觉得有点可笑。

倒霉的事儿总是一起来，爸妈离婚后不久，我爸失业了。他在工作的时候，因为喝酒操作失误，导致一个机器的模型坏了，给厂里造成了不小的损失。因为是老工人，加上厂长一直都知道我家的状况，于是厂里也没有多做处罚，安排他回家休息不说，每个月还有两千块钱的底薪，对他也算是仁至义尽了。

那一年，奶奶的精力差不多全放到我爸身上了。我爸在奶奶的管教下，喝酒相对减少了一些。姑姑给他找了一个心理医生，在医生的帮助下，我爸的精神状态似乎也慢慢好了起来，只是时常会拿着我妈的照片看，对着照片发呆。

我知道对我爸而言，我妈特别重要，因为和妈妈离婚以前，我爸一直都挺稳定的，除了偶尔犯过一两次病。

因为爸爸生病的缘故，我家条件越来越差。校庆时，学校组织表演节目，老师在课堂上说：“同学们，你们都回去好好打扮一下，明天都要穿上自己最好看的衣服来学校。”

那天晚上，我在家里翻箱倒柜，到处找衣服。可是我的衣服基本上都小了，妈妈走了之后，我几乎没有买过什么新衣服，穿的都是表姐的旧衣服，有一些还带着补丁。好不容易翻出来一件粉红色的毛衣，是之前妈妈买给我的，因为衣服大了一号，一直压在箱子下面。我套在身上试了试，刚刚好，于是我偷偷地把毛衣塞到了书包里面。

第二天，到了学校之后，我在洗手间换上了那件毛衣。上课的时候，班主任不解地看着我，问我："李英英，大夏天的，你怎么穿了一件毛衣？"同学们都盯着我看，有几个还发出了刺耳的笑声。

"老师，这就是我最好看的衣服呀。"我低着头，看到身边的女同学都穿着漂亮的蕾丝裙子，再看看穿着毛衣的自己，简直像个智障，好在班主任没有多说什么。

还好，校庆之后，便是暑假了。

也许过了这个暑假，所有人都会忘记这件事。但是，没有想到的是，我竟然从一场噩梦掉进了另外一场噩梦。

暑假的一天，我睡得迷迷糊糊，爸爸跑到了我的房间，摇晃着喊我："英英，起来了，别睡了。"我睁着一双惺忪的眼，看着爸爸问："怎么了？"

"厂里组织去旅游，快起来，爸爸带你去。"

没等我反应过来，爸爸便把我拉了起来。他从衣柜里面拿了几件我平常穿的衣服胡乱塞进了一个手提包里，然后也没等我洗脸，便拉着我出去了。

奶奶提着锅铲问："你们干吗去？"

我爸头也不回地说："厂里组织去南京旅游，我带英子赶火车去！"

我心里多少是有点雀跃的。爸妈离婚之后，我虽然是与爸爸生活在一起，但是因为他的精神状况不是很好，有时候还会被送到医院去，所以我们基本上也算是聚少离多了。难得他精神状态好一些，还带我出去玩，我当然打心眼里高兴。

一路上，我都在透过车窗看风景，看不时从眼前飞过的树木，根本没有注意到火车到底是开往哪里，也没有见到爸爸口中的厂里的同事们，就那么迷迷糊糊地睡着了。第二天凌晨，我被爸爸抱着下了火车。恍惚间我看到了火车站牌——郑州。

根本不是我爸说的南京！

爸爸看我醒了，把我放在了地上，让我跟他一起走。没走一会儿，他突然顿住了，回过头看着我，盯着我的鞋子，很大声地说：“把你的鞋子脱掉扔了！不要以为我不知道那上面安的是摄像头！你们想监视我，没门儿！”

我的心咯噔一下，心想，完蛋了，我爸犯病了！我低头看着那双凉鞋，凉鞋上有一个米奇，根本就不是什么摄像头。我想要辩解，却被爸爸推了很远。没办法，我只能老老实实脱了鞋子扔掉。就这样，我赤脚跟着我爸飞奔，一路上我的脚被石子路硌得通红，不时有一些路人盯着我们看。

爸爸身上本就没有带多少钱，我们很快就身无分文了。他的病情丝毫没有好转，一路上都在自言自语，甚至说什么“要打仗了，飞机要来轰炸了，要赶紧躲起来”。我捡了路边的报纸，丢给他看，朝着他大吼：“你自己看看，哪里说要打仗了！你别发疯了行不行！”

他不理我，只是拖着我一路走。

我们走到高架桥上，高架桥下面就是火车隧道。爸爸站在那里，愣了很久，然后回过头看着我，很认真地对我说："我们跳下去回家去吧，火车会接住我们的。"

我看着他一脸认真的样子，心里只有一个想法，也许我爸得的已经不止是被害妄想症了！

雨水落在我的身上，我抬起头看着爸爸。在那一瞬间，我才发现我压根就是被爸爸骗了。

也许一开始他就不是要带我出来旅游，而是想找个陌生的地方，找机会丢掉我，甚至想要骗我从高架桥上跳下去……我不敢再往深处想，在心中安慰自己，这一切都是我自己的假想。我跟自己说，爸爸还是很爱我的，他只不过是病了。

"不跳了，爸爸。"我哭着拖住他说，"今天太晚了，跳下去也回不了家了，要不我们明天再来跳吧。"

我的胡说八道居然起了作用，我爸居然点了点头说："好，明天再来。"

那是我们离开家的第三天。下着小雨，我和爸爸沿着高速公路走到了新乡。我的脚都磨破了皮，血迹斑斑，可是我爸像是没有看到一样。

晚上，我们两人蹲在一个便利商店外面避雨，天气很冷，我们穿得原本就少，又加上没吃饭，浑身没有一点热气。我感觉我就要生病了。可是我爸什么也不管，躺在地上就睡着了。

不知道几点钟，商店的售货员出来扔垃圾的时候看到了我们，没一会儿给我们带来了一些吃的，还塞了二十块钱给我。我很感激地看着那个人，冲着他笑了笑说："哥哥，我不要钱，我可以用下你们的电话吗？"他同意了，我给家里打了电话，告诉奶奶我爸的情况以及我们的位置。那一晚，奶奶让叔叔买了机票，第一时间赶了过来，将我们接回了家。

我还记得，看到叔叔的时候，我的眼泪多得像是雨水，觉得委屈极了。我叔叔也不知道是吼我还是吼我爸："哭哭哭，哭有用吗？死都不怕了，有什么活不下去的！"

我爸像个小孩子一样缩在地上，不说话。但不管怎么样，我们顺利回家了，我终于没有不明不白地死在外面。

不知道是谁将这件事告诉了我妈，她竟然破天荒主动要求探望我。她不想去我家，让我叔叔把我送到了一个餐馆。我去的时候，她已经点好了一桌子的菜。她似乎一点也没有变，还是那么年轻漂亮。我很饿，吃得狼吞虎咽。我妈却一口没吃，只是用忧伤的眼神看着我。

那天晚上我没有回家，而是和妈妈去了宾馆。妈妈给我洗澡，看到我没有穿内裤的时候，她终于没忍住哭了起来。

一个十三岁的女生，竟然连条内裤都没有。只是那时候的我，不懂得这是耻辱，以为这就是生活。

那天晚上，我和妈妈躺在宾馆的床上，讲了很多话。直到我讲累了，靠在她身边睡着。第二天，妈妈带我去商场买了很多衣服，还给我买了十多条内裤。晚上她把我送回家后便离开了。

我刚进门，姑姑一把抢过我手里提着的袋子，冲着我吼道：“白眼狼！你忘了那个贱女人在法庭上说不要你了吗！要她的东西干什么！”说着，姑姑不知道从哪里拿出了一把剪刀，拿着妈妈给我买的衣服剪了起来，嘴里还念念有词：“贱人怎么不去死，跑来想拐走我们家英子！怎么不去死！”

姑姑平日里待我还算不错，可那天第一次让我感到可怕，甚至有点陌生。我惊觉我根本就不是生活在一个充满爱的家庭里，我身边的每个人都在给我灌输可怕的思想，我甚至害怕早晚有一天，我会跟我爸一样彻底疯掉！我大叫了一声，跑到了房间里面。我把自己关在房间里面放声大哭，将压抑在心底的那些话全部写在了博客上面。

我有些累了，甚至想到了死。我觉得我像是长在垃圾堆里的杂草，就算拼尽全力，也只是一棵杂草罢了。

我的博客叫“被嫌弃的英子的半生”，断断续续写了一年左右的时间。有一些人会在看到我的博客之后给我留言，无外乎安慰我，让我变得强大一些，好早些离开那个家。可是，这个世上从来没有感同身受那一说。

如果没有经历过我的疼痛，哪里又会真正懂得？

十六岁那年，我考入了当地的一所高中，因为离家较近，所以是走读。报到那天，妈妈来学校找我。我远远地看到了她，只看了一眼，便避开她朝反方向走了。我不是不想见她，而是担心奶奶和姑姑知道了少不了又要说难听的话。

我每天的生活变得单调又无聊，最喜欢的是在车上的时光，因为安静，没有人来打扰。只是每一次都会想起来那一年爸爸带我去往外地的事情，心情会莫名地压抑，于是便会拿出英语课本背单词。我现在的很大一部分词汇量都是在公交车上积累下来的。

那一年，我认识了一位网友，叫侑骏。他常常去我的博客看我写的东西，一般只在评论区留一个拥抱的表情符号。每次看到时，我的心里都会觉得很温暖。

我们也在 QQ 上聊过好多次，感觉他的生活也不是那么如意。我想我们都需要鼓励和支持。有一天，我收到了侑骏的邮件，他告诉我他在旅行，到了我们的城市，问我有没有时间和他一起吃饭。我想都没想就答应了，侑骏根本不知道我有多想见他。

我们约在一家比较有名的私房菜馆，那里的菜式比较特别。那顿饭我吃得很开心，第一次觉得自己不再是老气横秋的样子，而是一个真正的少女，会脸红，会发自内心地笑，会……想要拥抱一个人。

侑骏很高，长相英俊，说话幽默，不时逗得我捧腹大笑。和他在一起的时候，我的心里只有一个想法，那就是我之前的十六年都是白过的。这样快乐地活着，才是真正的人生啊。我的前十六年太苦了，像是一个冗长的噩梦，我甚至都不知道什么时候是个头。可那个晚上，我竟有了一种这噩梦快要结束了的感觉。

因为高兴，我和侑骏两个人喝了一些酒。晚上我们俩一起散步，朝他的酒店走去。在酒店的树影下，我踮起脚抱了一下侑骏，还壮着胆亲了他的脸一下。他的皮肤软软的，吻上去的时候就像是触到了天上的云朵。

很明显，侑骏并没有预料到我会有这样的举动，他只当我是一个怀春的小姑娘，轻轻笑了一下。作为一名少女，我还是相当矜持的，偷吻了侑骏之后，便落荒而逃了。我背对着他甩了甩手，示意再见。

然而，我没有想到的是，这一幕被开车路过的邻居看在了眼里，然后她迅速告诉了我姑姑。

回到家里，推开门我便被眼前的阵势吓到了。原本就不大的客厅里坐满了人，我的两个姑姑，还有叔叔婶婶全都在客厅里坐着，奶奶坐在一旁抹眼泪。看到我进来了，所有人的目光都锁定在我身上。我还没有反应过来是怎么一回事的时候，姑姑便冲了过来，二话不说便给了我一耳光，骂道："跟你妈一个德行！小小年纪就跑出去勾搭人！你不要脸我们还要脸呢！不好好读书，怎么净干些下贱的事儿,丢人现眼的……"说着,姑姑便哭了起来，嚷嚷着："造孽哟，怎么就这么造孽……"

我不明所以地看着姑姑，压根不知道发生了什么事，只觉得耳朵嗡嗡作响。我捂着脸，问："你为什么打我？"

"你还有脸问？你干了什么不要脸的事你自己心里清楚！我养你容易吗？你爸本来就病得厉害，你还给我添堵！"奶奶抹了抹眼泪，恨恨地说道。

我这才意识到我和侑骏的事情被他们发现了。我刚想要找借口，奶奶突然站了起来，冲着我叔叔说："小军，把准备好的绳子拿出来，把她绑起来送到医院做检查去！"

我吓坏了，喊道："为什么要绑我去医院？我又没有病！"

"谁管你有没有病！我要看看你生活作风好不好！"奶奶冷冷地说。

听到她这么说，我明白了她话里的意思。我没有想到自己竟然会被家人这样想，我在他们眼中到底是有多么不堪呢？真的糟糕到这样的地步吗？

我冲着她大吼道："我不去，我什么都没做，凭什么要去检查！"

"你不去也得去！"说着，叔叔作势要上来绑我。我一看这阵仗，心下一慌，跑到了厕所里面，将门反锁上，冲着外面大喊："我不去，死也不去！"我的眼泪止不住地向下掉，第一次知道原来被人冤枉竟然是这样委屈。

"你给我开门！"门外面传来了叮叮咣咣的声响，还有拿钥匙开锁的声音。

"我不开！"说着，我走到了窗户前，打开了窗子。我家在三楼，窗外小区里的灯亮了，可是这热闹是别人的，跟我没有一点关系，我的人生还是一如既往地悲惨。

门被他们打开了。叔叔拿着绳子，姑姑站在一旁，他们冲着我骂着难听的话，仿佛我是与他们毫不相干的人一样。他们用尽一切恶毒的字眼来羞辱我。

见我站在窗子前，姑姑指着我，说："李英英你给我滚过来！别以为你开个窗户我们就不带你去医院了……"

我没有听姑姑的话，转身，从窗子跳了出去。在掉落下去的瞬间，我竟然没有害怕，反而有一种解脱的感觉。这一次，我终于可以决定自己的人生，不再被人摆布了。我闭上了眼。

我做了一场很长的梦。梦里面爸爸妈妈没有离婚，他们还很恩爱，家里没有争吵，爸爸也没有生病……可惜一切都只是一场梦罢了。

我没有死，而是脊椎粉碎性骨折。为了治好病，我的骨头里面打进去了四根钉子。医生说看后期恢复得如何，如果恢复不好很有可能会瘫痪。奶奶听到这个消息后一直在哭，可是在我看来，那不过是做样子给外人看罢了。反正她不是真的伤心，即使伤心估计也是因为我瘫痪了，他们就要照顾我吧。

那段时间，我过得很平静。我也做过很多设想。假如真的瘫痪了，那我下半生该如何度过？我不知道。每天除了定时做复健，还会有一名心理医生来开导我，她每天都会跟我讲一大段一大段的心灵鸡汤。只有我自己知道，我根本不需要看什么心理医生，我的问题不是出在自己身上，而是出在了我糟糕的家庭本身。

我妈不知道怎么得知了这件事，在一个下午到医院来看我。她的眼泪出奇地多，也许是因为看到我遭遇了这样的事情吧。我想她的伤心是真的，可是我不懂，为什么当初她说不要我，现在却又为我伤心？人真是复杂的动物。

那个下午，我知道，其实妈妈过得并不好。她与那人结婚之后，刚开始还不错，不到半年，那人就出轨了，时常对我妈拳打脚踢的，还不准她出去工作挣钱。妈妈拉着我的手，跟我说了很多。走的时候，她又跟我说："英英，你等着妈妈，妈妈早晚得跟那个王八蛋离婚！回头我就来接你走！"

我只是顺从地点了点头，可是我没有告诉她，我并不相信那句承诺，我只相信我看到的。她已经离开我太久，怎么回头？

三个月后，我恢复得差不多了，基本上能够正常走路了。但是，不能走太久，否则就会不舒服。我给侑骏发了邮件，将自己遭遇的这一切都告诉了他，他吃惊地问："天啊，这些人究竟还是不是你的家人啊？我真的挺担心的，你说你在那样的环境里，会长成什么样？"

是啊，我会成为一个怎样的人呢？像我的姑姑和奶奶那样吗？还是像我爸一样，早晚得精神病？

我不敢想。

我很想离开这个家，我等不到长大了。我很担心，没有等到长大的那一天，我就已经疯了！

还好，侑骏收留了我，他让我去他的城市，说我可以找点事情做。我答应了，简单收拾了几件衣服塞到了书包里，然后偷偷从家里溜了出去，到火车站买了票去往侑骏的城市。

离开的时候，我突然有点伤感。这个城市虽然充满了不愉快，但是真的要同它说再见，我还是有点不舍得。离开，就意味着长大，要面对更多的问题。那个曾经的避风港，哪怕再破，都不再属于我了。

侑骏在北京，这个城市雾霾很严重，公交车上的人们差不多脸贴着车门。每个人看上去麻木又让人觉得痛心，我不知道他们为什么会选择在这样的地方生存。还好，在这个大城市里，有侑骏陪伴着我。

我们常常在深夜一起出去吃烤串，喝啤酒，晚上我睡得格外踏实。有一晚，我接到了家里的电话，电话刚一接通，便听到了姑姑的声音，她的嗓门依旧那么大。她冲着电话喊："李英英，你死哪里去了！你知不知道你奶奶她瘫痪了……"

我奶奶一直都有高血压，身体也不是很好，先前就中风过，这一次估计是彻底瘫痪了。我没有听姑姑接下去的话。挂断电话后，我抽出了 SIM 卡，从十三楼丢了出去。

我已经从那个家逃离了，与那里有关的一切，我都不想再听。我不想听到任何争吵与质问，我的人生是我自己的，不属于任何人。

我知道，也许家里的人会说我铁石心肠，会说我白眼狼，但是我都无所谓了。

而发现侑骏不对劲是在一个晚上。

有天晚上我回家很晚，客厅里的电视开着，侑骏的门留了一条小缝。我走上前，推开门，看到侑骏正低着头，往鼻子里吸着什么。那一刻，我才意识到，原来我亲爱的少年，是个瘾君子。

侑骏也看到我了。他吸了吸鼻子，将桌子上的东西收了起来，像是什么都没发生一样，冲我笑了笑，说：“你回来了？”一时之间，我竟找不到合适的表情，冲着他僵硬地笑了笑，然后关上门，回到了自己的房间。

我怎么都无法将眼前的这个侑骏与平日里那个温暖的他联系在一起。可是事实就是这样，我以为爸妈很相爱，他们宣布离婚；我认为我的妈妈这辈子都不可能抛弃我，她选择了放弃我；我以为我爸带我去旅行，他却是想要丢弃我……我觉得自己一直都活在谎言的世界里，看不清真假。

直到侑骏在门外敲门的时候，我才清醒过来，不知道什么时候，我已经满脸是泪。

侑骏看到我，无力地笑了笑。他坐了下来，良久，才开口道：“是不是觉得很失望？但是我就是这个样子，对不起，让你失望了。”

我无话可说，命运让他成为一个怎样的人从来都不是谁能决定的，怪只怪我只看到了他温柔美好的一面。其实人都一样，我又何尝没有坏的那一面呢？

我摇摇头，冲着侑骏无力地笑了笑，说：“没有，我只是累了。”

“那你好好休息。”说完，侑骏出去了，而我却怎么也睡不着。我的心里像是有什么东西在堵着一样，十分难受，一时之间有很多话，却不知道该说给谁听。

第二天，我收拾了东西，跟侑骏告别。侑骏没有过多挽留，托付一个朋友将我送到车站。我躺靠在车座上，沉沉地睡去了，直到醒来，才发现车根本就不是往车站去的，而是开向一个十分偏僻的地方。

我警惕地问："这是哪里？你要带我去哪里？"

"去哪儿？你怎么不问问侑骏那个小子！他把你卖了！我现在就送你去上班！"那人阴阳怪气地说。

"你在胡说什么！侑骏怎么可能会把我卖了！"我不相信他说的会是真的，虽然我与侑骏相处的时间不是很久，但是他总不至于做出这样的事情来。

"怎么不可能？毒瘾犯了的人六亲不认，更何况是你这么年轻的小姑娘，把你送到里面可赚钱了……"听到这些话，我觉得自己的脑子炸了，根本听不清楚那个人在说些什么。

我只在想一个问题，我该怎么办！如果真的被那人带到他说的那个地方去，我这辈子估计就完蛋了！

在一个拐弯处，我拉开了车门跳了出去。跳下去的时候，我想到了那一年，爸爸带着我，我们两人在新乡的时候，在高高的天桥上，爸爸说让我跳下去。我忽然想，如果当时我真的听他的话跳下去，我的人生，是不是就彻底解脱了……

雪漫印象

那段时间我特别忙，北京、厦门两头飞，忙中总会出岔子，我的两部手机都丢了。我不是惋惜上面的通讯录，而是惋惜那里面我和女生们的对话录音。我的记性差到令人发指，担心自己根本不能将对话内容完全记清楚，心里觉得有点愧疚。拿到新手机后，我在朋友圈吐槽自己丢三落四，其实内心怪自己怪得要死，怎么能把手机丢了呢？

不少人给我留言说“可以换新的啦”，还有人飞快地点了一个赞。我哭笑不得的时候，英子发微信问我：“雪漫姐，录音还在吗？”

当然不在了，都丢了，任我坐在电脑前看着手机定位，也无能为力。

那天下午，我召集所有夏令营的工作人员开会，大家都在努力回忆与女生们有关的细枝末节。我的手机嗡嗡响，点开一看，好几条微信，都是英子发来的。

她凭借着惊人的记忆力，帮我回忆起了不少的事情，我很感动，她永远都那么贴心。我问英子："怎么就记得那么清楚呢？"

好一会儿，她回我："因为想拼命记得生命中的那些美好，所以从来不敢忘。"

没错，她与夏令营的其他女生一样，是我人生中值得怀念的美好之一。

开营的第一晚，我们做互动游戏，英子就坐在我的身旁。她是南方女孩该有的样子，瘦瘦小小的，一双眼睛特别有神，剪着一头齐耳短发，看上去酷酷的。她的脊背上有很长的一条疤，弯弯曲曲，像个拉链。我看过她的报名信，她风轻云淡地说起自己的跳楼事件，可是看到那疤痕时我的心还是一惊。

讲到与父母有关的话题时，不少女生都失声痛哭，哭得最惨的当数英子。她中途离席，我不放心，让果子李跟去看她做什么。不一会儿果子李回来了，小声跟我说："在打电话，哭得很惨。"

如果想哭，就去哭吧，哭出来总归会好一些，这个时候不能去安慰，因为没用。

晚上活动结束，英子一直坐在原地不走，也不说话，只是看着我笑。我明白，她有话想跟我说。我冲她招招手，她很快便跑了过来。坐下来之后她就大笑，说："我刚才一直担心自己跑得幅度太大，钉子会蹦出来！"我也跟着笑，心里又有点难过，懂事的人总叫人心疼。

“没事了？”我问她。

“没事了。”她说，“有些事情就是不能碰，一碰就崩溃。不过还好，我好得快。”

“自愈功能不错啊。”我夸她。

“对，因为我最清楚问题出在哪，别人嫌弃我，但是我不能嫌弃自己，我还要替他们多爱我自己一会儿，所以我难过的时间总比别人短一些。虽然总会不开心，但是我每天都活得很积极，我相信总会遇见好事。我不要别人说起来，会说‘哇，你的人生好惨’，那不是我想要的。我希望的是，有一天我能笑着说起那些痛苦，并且强大到不再为它们难过。”

不是每个人都能活得这么明白，连我有时候都会有苦恼，我们每个人都需要学会跟自己和解。至于是怎样走出那样的一个痛苦泥沼的，英子并没有跟我说，我相信她会在以后的时间里慢慢地告诉我。

我假装生气地说：“那你还来，简直浪费名额嘛！”

她一把抱住我，说：“没有啊，雪漫姐，我就是想要在有生之年见见你，因为你让我知道残酷世界还有很多美好的事情，人生最苦痛的时候也是你陪我走过的，虽然你并不知道。从前都是你写故事给我看，现在我想讲故事给你听。”

我承认，那一刻我有想哭的冲动。

对了，就在刚才，英子又给我发微信了。她说：“我好忧愁啊。”

我问她："怎么了？"

"忧愁有钱没地儿花。"她还发来了一张照片，那上面的她笑得很甜。

我坐在窗前，看着窗外北京的天空，喝了一口茶。和英子的忧愁不同，我希望每一天北京的天空都能好得跟马尔代夫一样，我还希望自己能被打字机附体，早日写完《雀斑Ⅱ》。

有这样的念头时，我突然也笑了。

我总相信，爱笑的人运气不会太差。我也不知道这句话是谁说的，不过，我赞同。

I'm fine，是这个世界上最大的谎言

[抱影子的人]

善言

女生档案

人物：善言
年龄：16 岁
城市：南昌市
关键词：敏感，沉默
个性签名：I’m fine（我很好），是这个世界上最大的谎言

自白

女生故事

几乎所有人刚认识我的时候，都会问我同一个问题："善言，你是不是很会讲话，所以才会取这样的一个名字？"

往往我都是先摇摇头，然后再以实际行动告诉他们，我并不是一个爱讲话的姑娘。

我的名字是我爸给我取的，他希望我长大以后能够像我妈一样能说会道，最好是能当一名律师。

可惜天不遂人愿，我的笨嘴拙舌跟我爸比起来有过之而无不及。每次我在学校里被同学欺负，回家抹眼泪的时候，我爸都会重重地叹一口气。除了叹气，他也没有别的办法。而我妈便会冲出来对着我爸吼："真是不知道我怎么就瞎了眼，才会嫁给你这个窝囊废，生个女儿跟你一样笨！"

每次听到我妈说这样的话，我都很替我爸窝火。坦白讲，我从来没觉得我妈跟我爸这样的男人在一起是瞎了眼。我爸虽然不善言辞，但一直都很卖命地工作，每个月的工资一发下来就全数交给我妈。他俩结婚以后，我妈就没有上过班，每天都在棋牌社打麻将几百块钱几百块钱地输。

有一天，我妈很晚才回来。我爸问她吃饭没有，我妈一把将我爸推开，骂骂咧咧地说："你一个大男人就不能有点出息吗？只会问我有没有吃饭，有这工夫还不如到外面多赚点钱回来！"

明明受委屈的是我爸，可是掉眼泪的却是我妈，她一边哭一边说自己命苦，逼我爸出去借钱给她开服装店。对于我妈的表现，我爸早就习以为常了，他从来不多说什么。我常常想，如果有一档选拔最会演戏的非专业演员的节目，我妈绝对能夺冠。

十一岁那年，他们俩分居了。我和我妈睡主卧，我爸睡次卧。我妈神经衰弱，睡眠很浅，晚上睡觉的时候我不能发出一点动静。毫不夸张地说，哪怕翻个身都能换来我妈一顿臭骂！渐渐地，我对我妈产生了厌恶的心理，觉得我妈是世界上最糟糕的妈妈。

我爸却不一样，他会给我做一桌子好吃的，还陪我一起玩游戏。我妈从来不认为我爸陪我玩游戏是有意义的事情，她甚至摔了我爸托人从香港买回来的游戏手柄，扬言再看到我爸带我玩游戏就跟他离婚。

但是她自己呢，为了打麻将甚至专门买了麻将机放在家里，把我们家变成了棋牌社。每天深夜都能听到他们摔麻将和彼此开玩笑的声音。我的人生原本就没有拿到一手好牌，再这样下去，估计早晚得被我妈打烂了。

他们俩正式闹离婚，是在我十二岁生日那天晚上。

那天我早早放学回到家里，和往常一样，爸妈都不在家。我翻遍了冰箱，里面除了我妈的化妆品，只有一包虾条。我坐在电视机前看着动画片，等他们两人回家。

六点多的时候，我妈回来了。她看了我一眼，没好气地问："你爸呢？"

我吃了根虾条说："不知道，估计还没下班呢。"

"下班？我今天接到你奶奶的电话，说一个月前你爸申请'买断工龄'了！你说他是不是脑子有病！这么大的事儿都不跟我商量！'买断工龄'，那么多钱哪儿去了啊！"我妈说这些的时候，脸都要青了，而我坐在一旁除了发呆，再也做不出别的表情来。

那天我爸很晚才回来，我差不多要睡着了，突然听到他们两个人的争吵声。我走到客厅就看到我妈拿着沙发垫往我爸身上砸，好像嫌不够解气似的，她又脱掉拖鞋朝着我爸扔了过去，吼道："你还知道回来啊！你知不知道你妈打电话把我骂死了，说是我让你申请'买断工龄'！可是我哪儿知道啊！你倒是跟我说说，你把钱用来干吗去了，给哪个小贱人花去了？！这日子没法儿过了……"

我爸什么也没说，坐到沙发上，给自己点了一根烟，抽了一口后，才说道："'买断工龄'这件事儿是我不对，我应该跟你商量的，但是事情太突然了，我就自己做主了。"

我妈稍微冷静了一些，问：“什么事儿？”

“钟硕得尿毒症了。”

我吃了一惊。钟硕是我表哥，才二十三岁，怎么会得了这样的病？

我妈却说：“我怎么不知道？再说了，钟硕得了尿毒症，你申请‘买断工龄’干什么？”

“你每天打牌，能有机会知道吗？咱姐急得头发都白了，到处借钱。我这个当舅舅的总得做点什么吧，总不能看着钟硕没钱治病死了。没积蓄，只好‘卖工龄’。”

我妈听我爸说到“积蓄”两个字，立马急了，跟炮仗一样嚷嚷起来：“没积蓄你现在怪我了？谁让你没本事？我告诉你，不是他死，就是我死，你看着办吧！”

面对我妈的疯狂，我爸异常冷静地说：“淑华，我觉得你变了，一点也不像以前的你。说实话，每天下班我都不想回家，要不是因为善言，我早就离开这个家了。你不是一直都嫌弃我没主见吗，这次我想好了，咱俩离婚吧，协议书我都拟好了，你签个字就行了。我净身出户，只要善言就行了。”

我没有奢望过能在十二岁生日这天收到什么礼物，只求一家三口能在一起吃一顿家常便饭。可是我万万没想到，我爸和我妈却在这一天送了我这么大一份“礼”！

我原本以为我妈会哭喊着不同意，结果恰恰与我想的相反，我妈飞快地问：“协议书在哪？你说话算数，家里什么财产都得是我的！”

第二天，他们俩起了个大早去办离婚手续，而我则顶着一双肿得跟桃子似的眼睛去学校。那天我一直都不在状态，老师在讲台上说些什么也听不清，只感觉耳朵边嗡嗡声一片。我觉得烦躁极了，仿佛心是气球做的，随时都会爆炸。

当天晚上，我和我爸便从家里面搬走了。我爸拎着两个大箱子，我跟在他的身后，走得很慢很慢。

下楼前，我最后回头看了一眼我的家，家门紧闭。我多么希望我妈妈能打开门冲出来，抱着我让我不要离开她。但同时我也深深地知道，这只是一个美丽的梦境。

我爸把我安置在了姑姑家，然后就不知去向，偶尔会在周末的时候回来看我。而我妈，我压根就再也没有见到过她。有次吃饭的时候，姑姑说，我妈把房子卖了，离开了南昌，至于去了哪里，谁都不知道。

老实讲，我姑姑人挺好的，她比我妈都关心我，每天早上都会叫我起床，我脱下没来得及洗的衣服她都会帮我洗好。可是，我总有一种浑身不自在的感觉。我原本就不怎么爱说话，到了姑姑家生活之后，变得越来越沉默了，越来越敏感多疑了。从前我不能理解寄人篱下的滋味，到了姑姑家之后我懂了——人家没有任何目的对你的好，你都能视为对你的怜悯。

我变得更加勤快了，每次吃完饭都会主动去洗碗筷。表哥手术之后，身体不是很好。姑姑为了照顾表哥已经操碎了心，我不希望姑姑为我而分心，要是将来表哥出了什么闪失，搞不好他们会说是我拖累的。我能做的，就是减少再减少一些不必要的麻烦，好让姑姑像以前一样，把所有的精力都放在表哥的身上。

因为性格内向，在学校里我基本没有朋友，偶尔有人主动跟我打招呼，也都被我的冷漠给击退了。我最喜欢在课间的时候戴着耳机听音乐。只有身处音乐的世界里，我才觉得自己是安全的。因为我不需要去想要跟什么样的人说什么样的话，只用跟着那些音符，活在一个纯粹的世界里。

其实一直以来，我的梦想都不是像我爸给我设定的那样，去当一个能言善辩的律师，而是想成为一个歌手。可是我知道，我一直都缺少王者的勇气，有的只是懦弱。懦弱的人注定成不了王者，他们只配活在自己的世界里。

卢凯就是在这个时候走进我的世界里的。他算不上什么好学生，但也从没做过什么出格的事情。他知道我喜欢听歌，便买了一个播放器送给我，还在里面下好了很多歌。他是我生命里唯一的一抹暖色，让我感觉到，原来还是有人关心我，愿意照顾我的。渐渐地，我们俩成了很好的朋友。

然而，周围的同学却以为我们俩在谈恋爱。对于这一点，我没有多做解释，我并不想谈恋爱，因为我不相信人与人之间有永远的爱情。我理想中的爱情是《这个杀手不太冷》里玛蒂尔达那样的爱情——我要爱，或是死。

我很清楚地知道，卢凯不能给我这样的爱情。他的出现最多是我生命中的一个转机，让我尝试着将自己交给另外一个人，尝试着去信任别人。他最多算是一个药引子罢了，时候一过，就会变成药渣。

在卢凯面前，我一直都将自己隐藏得很深，对于自己的家庭和过往，从来都只字不提。我跟卢凯从来只聊一些无关痛痒的话题，更多的时候，是他在说，我在听。

卢凯对我毫无保留，把自己家里的事情全部都告诉了我。他家庭条件不错，爸爸做生意赚了不少钱，用卢凯爸爸的话讲就是，哪怕卢凯下半辈子什么都不做，钱都够他花到老了。他妈妈一直都对他很好，对他的唯一希望就是好好读书，大学毕业之后，找个好人家的姑娘结婚。

而我，明显不是他妈妈口中的好人家的姑娘。我性格孤僻，不懂得为人处世，有时候还会出言不逊，有个嗜赌如命的妈妈，还有一个“神龙不见首尾”的爸爸。我能拿得出手的，除了一张稍微好看点的脸蛋，再也没有别的了。

我说了，我的人生原本就没拿到一手好牌，我有什么通天的本事打出一个清一色大三元的结局来？

所以，我与卢凯之间一直都保持着若即若离的关系，友达以上，恋人未满。我还是很喜欢这样的关系的，不会太累。

初中三年级的时候，我爸突然从外地回来了。他并没有把我从姑姑家接走，而是自己在外面租了一间房子住着，每天都来姑姑家吃饭。吃饭的时候，我总听到姑姑阴阳怪气地说：“钟诚你能收敛点吗？你老老实实做点别的不行吗？也不怕出事儿！”通常我爸都会打着哈哈说："我知道了姐，你放心吧！”

关于姑姑让我爸收敛些什么，我并不知道。我只知道，自打我爸回来之后，姑姑对我的态度有了微妙的变化。

很多次我能感觉到她想和我说些什么，但她都是一副欲言又止的样子。有一次我跟姑姑一起出去遛狗，姑姑语重心长地跟我说："善言啊，你可一定要争口气。你看看你爸和你妈没一个管你，你自己要是再不争气……”姑姑的声音微微有些颤抖，我觉得她就要哭出来了。

我和往常一样，不知道怎么回答。我最讨厌承诺这件事，人们总以为自己说过了就做到了。我最讨厌做这样的人，于是只是沉默地点了点头。

真正听到跟我爸有关的风言风语，是在我爸回来半年后，那会儿我正面临中考，每天都忙得要死。我一直都觉得姑姑跟我说的话挺有道理的，我爸和我妈这辈子我是指望不上了，如果我自己再不努力，以后的生活会过得越来越差的。

除非将来我能嫁一土豪，可是土豪哪儿是那么容易就能嫁的呢！卢凯？不不不，我可不想在他面前失去我的自尊。

那天我有一道题一直解不出答案，打算拿着课本去办公室问老师。走到走廊的时候，我身旁的两个女生看见我停了下来，她们窃窃私语，说着些什么。我放慢了步子，终于听清楚了她们的对话。

那个短头发的女生指着我说："她就是钟善言。我听我妈说了，她妈跟她爸离婚了；她爸是小偷，前几天在街上偷人家东西被抓了个现行，被打得可狠了！"

"真的啊？真不要脸！看她长的那样，贼眉鼠眼的，肯定手脚也干净不到哪里去！"另一个女生附和着说道。

我确定她们是疯了！我爸一直都安分守己，甚至都没怎么跟人红过脸，偶尔跟人吵架都气得浑身发抖，怎么会当小偷？借他十个胆子他也没那个本事。

那是我第一次发火。我扬起手里的课本就朝着那个短发女生扔了过去，冲她吼道："你瞎说什么呢！有本事你再说一遍！"

没有想到，我惹上了一个"事儿精"级别的女生。她被我砸了一下之后，非但没有道歉的意思，反而朝我走了过来。她推了我一把，将我按到墙上，掐着我的脖子，狠狠地说："谁瞎说了？怎么？被我说中了，狗急了要咬人了？我说你爸是个小偷怎么了？我妈还拍了照片呢！你爸就是个小偷，你不知道是吧？你不知道我现在就告诉你，你爸是个小偷你爸是个小偷，偷人家东西被人打了，你听清楚了吗？！"

站在一旁的女生也没闲着，踹了我一脚，骂骂咧咧地说："知不知道你砸的是谁？！连我们芳姐都敢打，活得不耐烦了吧你！"

我挣扎着，想要反击，可是浑身的力气却像是被抽空了一样。我心里所有的狂喊最后都变成了哭声。走廊里聚了很多同学，围在四周，没有一个人上来帮我。我第一次觉得自己是被孤立的那一个，伤心极了。

直到有一个老师路过，那个叫芳姐的女生才松开了掐住我脖子的手，逃也似的跑开了，围观的同学们很快也都散开了。我蹲在地上，双手抱着腿，不发一语，眼泪哗啦啦地往下流。那个老师问我："同学，你没事吧？"我摇摇头。那老师又安慰了我几句，便走开了。

那天下午，我逃课了，没有回家，而是去了我爸租的房子。他并没有告诉我他住在哪里，我是有一次在他吃完饭从姑姑家走的时候，偷偷跟踪才找到的。

爸爸住在城中村，房子很破。敲门前，我特意抹了抹脸上的泪。他不知道是不是睡着了，反正过了很久才给我开门。我抬起头看着他，他脸上还有伤口，身上也青一块紫一块的。我的眼泪瞬间掉了下来。

我好担心，担心她们说的都是真的。

爸爸看到我很吃惊："你怎么来了？"

我什么都没说，扑到爸爸的怀里就哭了起来。

爸爸赶紧拉我进去，关上门，给我倒了杯水。我端着水杯坐在木板床上，不知道该说什么。爸爸的房子很小，连张凳子都没有，收拾得还算干净。

"爸爸，你为什么受伤了？"问出这句话，我发现我的声音在抖。

"在工地上摔的，没事。"我爸说。

“你撒谎。”我看着他的眼睛说，“我什么都知道了。”

“你不要听别人乱讲。”爸爸从口袋里摸出一根烟，给自己点上。房间里没有开灯，光线稍微有些暗，我看见爸爸的嘴唇动了动，抽了一口烟。他苦笑了一下说：“善言长大了，都不相信爸爸了。别人说什么，善言就信什么了。”

我终于再也不能自已，抱着爸爸大哭起来。我哭喊道：“不是的，不是这样的！不管你是什么样，都是我爸爸呀……可是，我不想你当小偷，那样我一辈子都不会原谅你。”我语无伦次地说着，眼泪和鼻涕一起掉了下来。

爸爸伸出手，给我擦去了眼泪。他的手变得糙了很多，原本干净的手掌上长满了茧子。

“不要听人乱讲。”他声音很低地说。

“爸爸，你带我过。”我求他。

“姑姑家条件好。”爸爸说，“你不能跟着爸爸吃苦！”

“可是我不怕吃苦！”我朝着他喊，“我就想要一个家，我自己的家，不行吗？”

“不行！”爸爸也冲我吼，“你回去吧，这里不是你待的地方！”

我看着爸爸，觉得他那么陌生。他脸上的冷酷，像极了当年的妈妈。或许他们生下我来，就从来没打算过好好爱我。或许我在这个世界上，对他们而言从来就是多余的那一个。如果真是这样，为什么当初不干脆把我掐死在摇篮里！

我狠狠地瞪我爸一眼，冲出了那个破旧的小屋。

我在大街上漫无目的地走着。我不想回姑姑家，我现在这副鬼样子，肯定会让姑姑担心。我讨厌他们大人虚伪的那一套，他们知道这个世界上所有的真相，却从来都不告诉我，以为这样对我而言是一种保护，却给我带来了更深的伤害。我就像那个没有穿衣服的国王，活在充满谎言的国度里。

深夜的时候，我还在街上游荡，身上总共也就十几块钱，无处可去。我给卢凯打了个电话，问他："你能帮帮我吗？"

卢凯二话不说，问了我地址。他很快打车找到了我，带我去附近的酒店开了房，是标间，我们两个人各睡一张床。

月光从窗子的缝隙洒进来，落在卢凯的身上，他的影子落在我的床上。我伸出手，轻轻拥抱了一下他的影子。这是我今晚最想做的事。我从来没有奢望过，这个男孩会在我最痛苦的时候出现在我身边。他是我生命中唯一的暖色。

而我不能去拥抱他。如果要拥抱他，我就要拔掉我身上的刺，那样我会变得更加脆弱。我只要这样静静地抱着他的影子，只抱一会儿就可以了。哪怕他，从来都不知道。哪怕，这影子像那易碎的月光，像捧在掌心终将流走的水。对我而言，这已经足够了。

我的爱只有这么多，也只能给他这么多。

我问卢凯："你是不是很看不起我？"

"不是的。如果真是这样，我不会来。"卢凯一直都是这样，心里想的是什么，嘴上便说什么，不会说一句谎。

我苦笑一下说 ：“你相信她们说的吗？”

“我只相信你。”卢凯说，“善言啊，要是觉得难过，就哭吧。假装的快乐，还是不要了。我一直都觉得你活得太累了，有时候离你近了，觉得像是隔了一层玻璃；离你远了，像是隔了一层雾。你始终站得远远的，把想要拥抱你的人都拒之千里。其实，你可以活得不那么累的。”

我从没想到卢凯会说出这样的话来，顿时泪如雨下。我第一次发现，原来卢凯远比想象中要了解我。他看到的我，是那个最真实的我、脆弱的我。他看得到我的无助。

这是一件多么幸福的事。

那晚，我第一次跟卢凯讲了我的故事。我告诉他我想要离开，这个城市对我而言满是伤害，妈妈的离弃，爸爸的无能，寄人篱下的苦痛，同学们的议论……我觉得自己再这样下去，早晚有一天会疯掉！

“都会过去的。”卢凯说，“我会帮助你。”

我感激地看着卢凯，我觉得他是上帝为我开的一扇窗。只是我依然没有勇气走上去拥抱他，告诉他我内心的爱和感动。

不知道是不是说出了心事的缘故，那一晚是我这些年来睡得最踏实的一晚。我做了一个特别美的梦，梦中我穿了一双多萝西的红宝石鞋，轻轻一跃，便去了另外一个地方……

可是，我却不知道，最美的梦带来的，往往都是最痛的预示。

第二天我跟卢凯到学校的时候，学校的布告栏里贴满了照片——我爸被打的照片。照片上，我爸跪在地上，身上被人插了一个牌子，那上面写着“我是小偷”四个大字。不知道是谁喊了一声“钟善言来了！”，所有的人都齐刷刷回过头看着我。

“别理。”卢凯拉着我就要走开。

就在这时，我看到芳姐拉着教导主任走了过来。芳姐指着我对教导主任喊道：“老师，昨晚他俩开房去了！我亲眼看到的，我还拍了照片呢！”

教导主任铁青着脸，对着我俩吼道：“你，还有你，跟我到教务处去！”

教务处里，教导主任拿着手机给卢凯的妈妈打电话，说：“你儿子才多大，就跟人开房了？！你马上来学校一趟！”

挂了电话后，教导主任转头看着我，问：“你呢，钟善言，你家长呢？”

我看了他一眼，回道：“都死了！”

他大概没有想到我会这样说，愣了一下，很快便反应了过来，大声说：“怎么说话呢？有这么咒自己父母的吗？是有多大仇恨！自己不自爱就算了，怎么这么欠管教呢？！”说着，他就给我的班主任打电话，要了我爸的电话。

没一会儿，卢凯的妈妈便来学校了；又过了一会儿，我姑姑也来了。我跟卢凯两个人站在一起，对望着，彼此都没有言语。卢凯在用眼神告诉我，他会帮我搞定一切。而我，除了绝望还是绝望。

卢凯的妈妈哭得特别伤心，边哭边打他："你个小畜生怎么就这么不懂事，你把我们的脸都丢尽了！"

我姑姑则一直低三下四地跟教导主任道歉，说对不起，一定会严加管教什么的。我冲上前去，拉着姑姑的手说："姑姑，我真的没做错，为什么要说对不起？我们走，大不了我不读书了！"

姑姑抬手就给了我一巴掌，生气地说："还不跟老师认个错？！"

我愣了一下，看了姑姑一眼，转向教导主任吼道："我又没错，为什么要说对不起？"

道歉，等于是在认错。我没做错，为什么要认错？

"你再这样，我也不管你了，你该去哪里去哪里吧！"姑姑生气地对我说。

"不关她的事！"我听到卢凯大声说，"是我带她去宾馆的，你们要罚就罚我好了！"

"别勾引我儿子，别以为我不知道你在想什么！"卢凯的妈妈冲到我面前，"我劝你脑子清楚一点！"

卢凯过来拉他妈，被他妈一把推到地上，就差一脚踹他肚子上去。

我真的特别理解他妈的疯狂，我当然也知道他妈妈心里在想什么。

这件事以后，卢凯很快就转学，去了一家国际学校。我留在原地，过着跟从前一样的生活，只是偶尔会听人议论："钟善言啊，她爸是小偷，她想嫁给富二代，没成功！"

卢凯还是会常常给我发微信，但是我从来都不回他。他应该有新的生活，我和他不是一个世界里的人。忘了我，对他是好事。

我爸爸也不住在那个小屋了，没人知道他去了哪里。姑姑总是在黑夜里流泪，表哥对我的脸色越来越难看。

我想，我应该离开姑姑家了，只是早晚而已，也许是明天，又或许是明年。

人们都爱说明天，总说明天会更好。可是我的明天，被层层大雾遮挡住了，我看不清会有什么样的未来在前面的路口等我，所以我一直对它充满畏惧，生怕走错一步，换回的是一个粉身碎骨的结局。

可是，我又不得不一个人独自走下去。这些年，我已经很清楚地知道一件事，在通往未来的那条路上，其实我们每个人都一样，要想不被打垮，就要把自己活成一支队伍。

别怪我沉默，少说话是为了让眼泪不轻易地掉下来。

我不哭，更不会跟这人生服输。

雪漫印象

在参加夏令营前，善言在微信上给我留过言，讲那叫她又爱又恨的爸爸。我回复了她，让她去看我微博上那篇叫作《有些人你永远不必恨》的故事。

过了几天，她又给我留言："饶大坏，我看了那篇故事，哭得一塌糊涂。每当我恨他恨得不行时，我就把这个故事翻出来再看一遍。可是，最后我甚至把这个故事背了下来，还是会恨，恨到想跟他断绝关系，恨到想指着他鼻子骂他吃软饭、没出息……"

夏令营报名信第三次筛选的时候，小佳把她的报名信抽出来给我看，说："雪漫姐，这个姑娘有些特别，你来决定她能不能来吧。"

善言在报名信中说心理医生诊断她有"丢定西敏感症"，这病症我还真没听说过，咨询了身边的心理医生也一无所获。

“会不会是她自己编了个病名来骗我们？”小佳问。

开营那天她准时出现，没有拖箱子，背着跟她身形不相称的背包单枪匹马地来了。所有人都惊叹，这姑娘长得真好看，巴掌大的小脸，眼睛水灵灵的，像琼瑶剧里的女主角。出乎我的意料，她身上没有一点棱角，温柔而善解人意，主动帮其他营员提箱子，不吵不闹，从来不会给工作人员添麻烦。

她第一次惊艳全场是在当晚的自我介绍环节。我规定每人都要表演一个节目，轮到她，她还是那样文文静静，站在台上说：“那我就唱首粤语歌吧。”

有人插嘴：“能唱《喜欢你》吗？”

她点点头，丝毫没有扭捏，开口就唱：“细雨带风湿透黄昏的街道，抹去雨水双眼无故地仰望……”

全场突然安静下来，没人再说一句话。

我开始相信，有些女孩唱歌的时候，身上会发光。

后来我们谈及梦想，她说：“其实……我一直想做一个歌手，小时候学过弹琴，也学过一段时间声乐。但是家里人都觉得不切实际，想让我去学护理。但是，我觉得我在音乐方面还是挺有天赋的……”她顿了顿，仿佛在心里给自己打气：“所以，想再坚持一下。”

这是她唯一一次主动聊起自己的事，跟其他孩子一见到我就滔滔不绝相比，我显然被她“冷落”了。

直到夏令营结束，送她走的时候，她才表达了自己的情感。

她说时间过得太快了，舍不得大家，上车了还一直在跟我们挥手再见。我知道她只是表面上看起来较为开朗，但其实把很多东西都藏在自己的心里了。

回去后，她才主动跟我坦白，承认自己没有讲太多自己的故事，有点后悔。我能理解她可能是因为成长的环境与遭遇的一切较为复杂，才不愿意将自己的故事轻易告诉别人，也包括我。

她说希望将自己的故事以邮件的形式讲给我。或许，她就是这种喜欢用文字表达自己的姑娘。后来，她给我写了封长长的邮件，告诉我，她的爸爸变得好一些了。

我的编辑联系过她，希望她能写一篇营员日记。她非常爽快地答应了，并且准时交稿。

编辑直夸她："你可比饶雪漫靠谱多了，她永远都在拖稿。"

后来我才知道，写稿子的同时，她还要上课、做兼职、排练钢琴曲……但她给我的邮件里没有一句抱怨，还把微信签名改成了"风雨无阻，勇往直前"。

这个叫善言的姑娘，我不知道她何时才能学会顺畅地表达。但我相信，除了我还有我的编辑，一定还会有很多的人愿意去好好爱她，听懂她的心。我最高兴的是，她在感觉被这个世界遗弃的时候，依然没有遗弃自己。

想活得像支队伍一样的钟善言，我们会一直陪着你！

想看一场一个人的电影，
想唱一首你不会唱的歌

[从不爱别人]

青芫

女生档案

人物：青芜
年龄：17 岁
城市：天津
关键词：双胞胎
个性签名：想看一场一个人的电影，想唱一首你不会唱的歌

自白

女生故事

我从小就不太走运。

我长相平平，智力平平，又没有投胎到一个土豪之家，全身上下没有一样拿得出手的东西。

不过，上天对我还算不错，没有让我孤单一人降临在这个世界。我还有一个姐姐，我们是孪生姐妹，就是长得一模一样、个子一模一样、体形一模一样的那种。亲戚朋友来我家做客，都会羡慕爸妈有我们这样一对女儿。我爸妈也乐于听到这样的话，因为，他们的生活页同样乏善可陈。

虽然我跟姐姐出生前后只差了十几分钟，但是我俩的个性却截然不同。

我从小就爱调皮捣蛋——闲着没事去捅马蜂窝，烧别人家堆在院子里的柴火，抢邻居家小孩的棒棒糖，等等。用爸妈的话来说，我就是李家的“祸害”。

而姐姐呢，她堪称我们那大院里的模范标兵，听话懂事，善解人意，在家会帮爸妈做家务，在校是老师的小助手。反正，她与我形成了鲜明的对比。

我是我们那一片的孩子王，姐姐则是所有人眼里的乖乖女。我们就像两条细细的河流，在各自的流域里享受自己的童年。

那时候我还小，没觉得姐姐的优秀对我有什么影响。她照旧当乖乖女，我照旧是孩子王。直到七岁那年，我们都读书了，有一天我突然惊讶地发现，曾经跟着我满街跑的小伙伴们都不见了，我在街上一招呼就有一群人围着我的日子也一去不返了。相反，围在姐姐身边的人越来越多！他们一起写作业，上学放学一起走。姐姐成绩好，又有耐心，常常给他们讲题……

我成了形单影只的那一个。虽然不愿意承认，但说真的，我心里莫名地难受。

二年级的六一会演，姐姐被选为大合唱的领唱。我在台下，看着台上那个站在最前面、和我一模一样的人，突然真正意识到我和姐姐的差距。她已经像白天鹅一样受人关注了，而我，却还是一只没有长大的丑小鸭。

我第一次体会到了什么叫作“嫉妒”，也是第一次慌乱地预感到，也许我这一生都只能生活在优秀的姐姐的阴影之下。可上天还嫌我不够惨，很快，就给了我更重的一击。

我记得那天是休息日，爸妈出去办事，要第二天才能回来，家里只有我和姐姐两个人。早上起来，姐姐和她的朋友去图书馆，问我要不要去。我当然摇头说不去，我对图书馆才没兴趣，除非图书馆有游戏机。

临走，姐姐问我："你是不是哪里不舒服，我看你脸色不太好。"

我赶她说："没有没有，你赶紧走吧，我一个人清静些。"

姐姐走后，家里只剩我一个人了。我开着电视，迷迷糊糊地躺在沙发上。不知道为什么，我觉得头晕目眩。虽然是大夏天，我却冷得浑身直哆嗦，一点力气都没有。

我嗓子发干，费劲地爬起来喝了杯水，觉得更困了，想回到床上去睡，可没走几步就扑通一声摔倒了，然后一阵天旋地转……

也不知道过了多久，我隐约听到了开门的声音，然后是脚步声，姐姐很着急地叫我的名字。我发现自己连动一下的力气都没有。姐姐哭着给爸妈打电话……

再睁开眼的时候，我看到的就是大大的吊瓶。原来我已经发了一天高烧，医生说再晚一点送医院就要烧成傻子了。

我还没为自己死里逃生庆幸多久，就突然发现，我的左耳听不见了！高烧让我的听力遭到破坏，左耳失聪，右耳听力也下降不少。

天哪，我居然变成了一个聋子！

说实话，刚开始我很平静地接受了这个事实。我没有大吵大闹，也没有痛哭流涕，甚至庆幸我只是聋了，而不是瞎了或者瘸了。也是从这个时候起，我在家里的地位突然有了翻天覆地的变化——所有人都开始围着我转。爸妈带我看遍了各个医院，寻遍各种偏方。为了照顾我，他们说话声音都高了几个八度，不知道的还以为我们一家人随时随地都在吵架。

而变化最大的，是姐姐，从她的眼中我能看到深深的愧疚。她不止一次地说，如果那天她早点发现我在发烧，也许我就不会出事。不知道为什么，每次看到她愧疚的样子，我心里就有一种无法言喻的快感。

也许是反射弧太长了，过了一段时间之后，我才慢慢意识到，失聪对我来说意味着什么——它意味着无穷无尽的麻烦！

我个子比较高，座位在教室靠后的一个角落里。有天数学老师提问，因为距离有点远，我根本听不到他在说什么。同桌提醒我，我才知道被点名回答问题。我稀里糊涂地站起来，不知道该说点什么，只能请求老师再说一遍刚才的问题。他不耐烦地重复了一遍，但也许是因为紧张，我只能看到他的嘴一张一合，却完全听不清他在说什么！老师以为我在耍他，愤怒地把课本往我桌上一摔。我仍然听不见，但我知道他在训斥我。

老师愤怒的脸近在眼前，他指着我的鼻子骂，可我什么都听不见。全班人都盯着我看，他们露出鄙视的神情交头接耳，我还是听不见！一瞬间我心里的委屈达到了顶点，推开老师哭着跑出了教室。

跑回家，我把自己锁在房间里，任凭爸妈和姐姐怎么敲门都不开。为什么，我又没做错什么，为什么聋的会是我？为什么我要遭受训斥？为什么我要接受这一切？

我哭了整整一个晚上。第二天，我恹恹地背着书包走进教室。一个平时跟我关系一般的女生突然很热情地跟我打招呼。

“青芜，早啊！”

我注意到，她的声音比平时响很多，简直可以用“咆哮”来形容了。

接着，坐在第一排的男生对我说：“我能不能和你换个位子？我想坐最后一排。”

“为什么？”我感到莫名其妙。

“坐第一排被老师盯着太惨了，帮帮忙吧。”

也不管我同不同意，他就收拾书包迅速“霸占”了我的位子。

我发现很多事情都不一样了，比方说，同学跟我说话时会特意走到右边，老师再也不会叫我起来回答问题。我敏感地察觉到所有人看我的眼神都有一种欲言又止的同情，没错，是同情。

有一天中午，我趴在桌上睡觉。其实我没睡着。几个女生在我身后聊天，其中一个说：“期中考试成绩出来了，又该按成绩排座位了吧？”

“是啊，考得好才能坐前面。真羡慕青芜啊，可以一直坐第一排。”

“你没听班主任说吗，上次她跟数学老师吵架，她爸妈跟姐姐连夜赶到班主任家里，说她是残疾人，请我们大家多多照顾她。”

“残疾人就该去残障学校啊，跑这来占用我们资源干吗？”

“嘘，你小声点，当心被她听到。”

“她是聋子，听不到的。”

我把脸深深埋进臂弯里，假装自己真的听不到，眼泪不由自主地流了下来。

一切变成了另一副模样，是我最不喜欢的那种。所有人都把我当作残疾人来对待。姐姐每天都会陪我上学、放学，寸步不离，生怕我路上因为听不到而出事故；爸爸对我千依百顺，一句重话都不敢对我说；妈妈甚至辞了工作，不遗余力地四处寻找着各种可以治疗失聪的方法。

我开始变得不喜欢与人交流，经常闷在自己的座位上发呆，一天到晚不说一句话，饭也吃得越来越少，脾气也越来越坏，动不动就在饭桌上摔筷子砸碗。我越来越挑剔，经常为一些无关紧要的小事发脾气。每当我大吵大闹的时候，我妈妈就哭，我爸就叹气，我姐就焦头烂额地做和事佬……说真的，我自己都觉得自己很讨厌，可爸妈从不训斥我。因为在他们心里，我已经是个可怜的残疾人了，谁还忍心去苛责一个残疾人呢？

有一天，我妈说她找到了一个医生可以治我的病，把我带到医院。一进去我就觉得不对劲，这里跟我平时去的耳鼻喉科不一样。见到医生我才明白，我妈带我来看的是心理医生！她怀疑我有狂躁症！

我气得冲她大吼道：“有病的是你吧！该吃药的是你！你走！

我不想见到你！”

我妈追出来，我当着那个心理医生的面把她推倒在地。我妈倒在地上，四仰八叉。而我头也不回地逃走了。

从那之后，我成了一个不折不扣的“坏孩子”——逃学，抽烟，混台球室。以前我只是调皮，现在是真真正正地“坏”。我知道这样很不好，但是我早就学会了自我安慰——这世界上根本没有什么好孩子，也没有什么坏孩子；我只是一个破损的孩子，一个老天并不眷顾的孩子。被老天眷顾的从来都是我姐。

有一天，我和一帮混混朋友从网吧出来，正好遇到姐姐。她推着自行车从学校出来——她上周又得了个什么奖，奖状被贴在学校宣传栏里，金光闪闪。

阿闽吹了声口哨：“那就是你姐？真是一模一样。”

阿闽是我最近的男朋友，读隔壁技校，我们是在网吧认识的。

“旁边那个小白脸是你姐夫？”

我这才发现，我姐是和一个男生一起出来的。那男的我不认识，估计是他们班同学。我太了解我姐了，她这种乖乖女怎么可能早恋。于是我只回了阿闽四个字：“关你屁事！”

“可是你姐还是跟你不一样，她看上去比你牛！”

那晚我失眠了，脑子里回荡着阿闽的那句话，“她看上去比你牛”。不公平，为什么我们长得一模一样，可是所有人却都喜欢她？为什么听不见的那个是我？她是故意的吧？如果那天她早点发现我发烧，送我去医院的话，是不是一切都会不一样？

尤其在看到姐姐越来越出色、生活越来越色彩斑斓后，我心中的怨恨也越来越深。

我心中像是有一把火，熊熊燃烧起来。我想抢走她所有的东西！

逛街的时候，看到一条裙子，虽然我也没有那么想要，但只要看出姐姐很喜欢，我就非要不可。如果妈妈说那就两个人买一样的，我就会小声地嘟囔："都这么大了，穿一模一样的好丢人。"我是故意说给姐姐听的。这个时候，妈妈就会说："那姐姐让给妹妹吧。"

果然，她只能一脸不舍地把裙子让给我。尽管得到裙子之后我一次也没穿过，可我就是要让她把她喜欢的东西让给我。这是她欠我的，不是吗？

我一次又一次享受着姐姐内心那份愧疚感给我带来的快意和满足。我们不是姐妹情深吗？所以她的生活分给我一些也是应该的，更何况我的痛苦也是她造成的。我所遭受的不公的命运，作为姐姐的她也应该为我分担。我的苦你尝些，你的甜分我些，这就是我们一起出生的意义，难道不是吗？

因为爸爸工作调动的关系，我和姐姐要转去市里一所学校上学。对于我们一家人来说，市里是一个全新的世界，更是一个新的开始。那时候我的左耳已经稍微好了一些，能听到一点点声音。为了照顾我的情绪，爸妈也答应我暂时不向学校说明我听力有问题，如此说来新学校里将会没有区别待遇，没有特殊眼光，于是我格外期待新的生活。

但是让我失望的是，我并不能很好地适应新学校的生活。新的生活对我而言，不过是一场换汤不换药的噩梦而已。

我们上的是一所重点中学。在这所学校里，成绩代表一切。我的成绩本来就不太好，来了这里之后，直接考了班里倒数第一。班主任公布成绩时流露出鄙夷的眼神，好像我犯了滔天大罪一样。她说我拖了全班的后腿，更让我无法忍受的是，她竟然说："还是双胞胎呢，智商怎么相差这么多。"

姐姐期中考考了全年级第一，而我是班里倒数第一。

我气得咬牙切齿，忍不住跟班主任顶嘴。然后她罚我在办公室站了一上午。更丢人的是，那天姐姐也在办公室，老师在跟她谈让她作为学生代表在运动会上发言的事。所有进来的人都好奇地看着我们俩，明明是一模一样的脸，怎么待遇相差这么多？

从那天开始，我就被列入了班主任的黑名单。她看我格外不顺眼，总是想着各种办法找我碴儿。

有一天我戴着帽子去上学，还没走到教室，就被班主任叫到一边让我把帽子摘下来。

我问为什么。

她说："让你摘下来就摘下来，你看其他同学有戴帽子来上课的吗？"

我觉得特别莫名其妙，说："学校规定里也没有说不能戴帽子上学。我又没有戴帽子上课，为什么不是上课时间也要管我？"

我这句反问让班主任彻底怒了，她说 :“我是你的老师，我的话你就得听！总和老师顶嘴，是一个学生该有的行为吗？！”

“你虽然是老师，但人人平等，你也无权干涉我！”

没想到，班主任一把扯过我的书包，扔在地上说 :“我看你来学校也不是为了学习，不想学就别来了！”

我气得大吼一句:“不上就不上，谁稀罕！”然后转身跑掉了。

从此之后，我对上学产生了极大的抵触情绪，好几天都窝在家里不愿意去学校。爸妈轮流做我的思想工作，最后我妈哭着说:“你就体谅一下我吧，为什么不能像你姐姐那样让我们省省心？”

又来了！姐姐姐姐！全世界都是姐姐！姐姐最好，那你们生我做什么？她比我优秀，比我能干，所有人都喜欢她，可是，她经历过我所承受的痛苦吗！

突然，我的大脑里涌现出一个念头——如果可以和姐姐互换人生就好了。细想一下，这也不是不能实现的。我们长得几乎一模一样，一般人很难区分我们两个。我越想越觉得可行！只要我装作文文静静的样子，肯定不会有人发现的。

当我把这个想法告诉我姐的时候，她觉得简直是天方夜谭，劝我不要胡思乱想。

我说 :“你就帮帮我吧，学校里没有人愿意理会我，老师也看我不顺眼，没有人给我改变的机会。让我试试当好学生的滋味，说不定我就想变好了。”

姐姐听到我这样说时沉默了。我知道她在动摇，于是带着哭腔又说："我就是想感受一下，如果有人主动关心我，我是不是就能知道该怎么和别人相处。只有这个办法才能帮我。如果我和你一样健康的话，现在可能也不会是这个样子了。我们就交换一天好吗？能帮我的只有你了！"

我知道这句话戳中了姐姐的软肋，我有足够的把握她不会拒绝我。

第二天早上，看到床头姐姐准备好的衣服，我就知道计划已经实现了！我看着镜子里穿着姐姐衣服的自己，突然感觉如获新生一般。我和姐姐一起出门的时候，妈妈都没有发现我们俩的异常，这让我心里更加雀跃了。反正我平时在班级里就没有人注意，也不会有人和我搭话，只要姐姐安安静静地坐在座位上就肯定不会穿帮。

怀着忐忑又激动的心情，我走向姐姐所在的班级。刚走到教室门口，一个女生就跑过来拉住我的手问我："青颜，你看我新买的裙子好看吧？"第一次有人拉住我的手，那种感觉很微妙很新鲜，虽然有点小别扭，但还是很开心。

我点点头，笑眯眯地赞美了她。

进了教室，我才知道我和姐姐生活在怎样天差地别的两个世界里。我完全没有想到文文静静的姐姐会和班里每个人的关系都很好。几乎所有人都跟我打招呼，还有好几个女生围过来和我讲话。第一次被同学围在中间，我简直就像飘在云上面，以至于完全没有听见他们在说些什么。当我反应过来要回答时，却不知道该怎么接话，于是笑着抱歉地说自己嗓子不舒服，不能多说话。

“是感冒了吗？应该在家休息的。”

“有没有吃药，我有感冒药。”

“你嗓子这样的话，一会儿英文领读我代你读吧。”

英语课公布上周考试的成绩，“我”得了全班最高分。第一次被老师表扬，第一次接受全班同学的瞩目，我接过试卷的手都是颤抖的。看着老师欣慰的表情和目光，我飘飘然，仿佛真的是我考了第一。

一切梦里面才会出现的场景真的出现在我面前，无数个人生中的第一次都发生在这一天。围绕在身边的是一张张笑脸，耳边的每一句话都让我觉得亲切。如果每天的生活都是这个样子的，我肯定会喜欢上学校的。

为了不引人注目，课间我都趴在桌上假装休息。突然有人敲了敲我的课桌，我抬起头，认出是上回在校门口和姐姐一起出来的那个男生。

“青颜，你今天好像有点不太对劲。”

我的心一下提到嗓子眼，难道被他发现了？

“看你一直趴在桌上，身体不舒服？”他关切地看着我。

我暗自松了一口气。也许是因为双胞胎的心有灵犀，直觉告诉我，这个男生跟姐姐关系不一般。我怕被他发现破绽，随便打发了他几句。

一天很快就过去了，晚上躺在床上，白天的事情依然历历在目。我的心扑通扑通跳得厉害，完全没有办法入睡。

睡在下铺的姐姐问我："今天一天还好吗？"

我点点头，说："还行吧。"

其实我想说，好得不得了，备受宠爱，备受关注，简直是我十几年来最幸福的一天。我细细回忆着今天一天的经过，生怕遗漏一点点美好的记忆。突然，一张英俊的脸跳进我的脑海。

我试探着对姐姐说："今天好险，差点就被一个男生发现了。"

"谁？"

"个子高高的，挺帅，坐靠窗户的倒数第二排。"

"你说杨逸啊，他那个人就是怪里怪气的。"

"怎么怪里怪气了？"

"就是很奇怪啊，经常跟我嘘寒问暖，还帮我买早餐，放学缠着我一起走。我觉得他是太闲了没事做。"

我对着天花板翻了个大大的白眼，很明显他喜欢你啊，连这都看不出来。你不是智商很高吗，装什么纯情啊。

"他喜欢你吧？他长得不错，看打扮家里肯定也蛮有钱，你就跟他处处呗。"我语气酸溜溜地说。

"你别胡说八道。"姐姐立刻打断我，"我对这些没兴趣，我现在只想好好读书。学校的保送名单马上就要下来了，我可不能在这个时候出问题。"

我知道这件事，爸妈好像都很关心，说是学校会有评估，只要合格，姐姐就能保送进清华。真不公平，她的人生从来都是这样一帆风顺、平步青云，而我，连想都不敢想。

第二天，我背着书包来到学校，就像从天堂跌进地狱。一整晚没有睡的我，顶着重重的黑眼圈回到自己的班级。看着那一张张冰冷的面孔，我突然有一种想哭的冲动，那些美好的人和事只不过是我的一场美梦而已。现在梦醒了，我是不是应该接受现实了？

但是我不甘心，课间的时候，我忍不住跑去姐姐的班级，局促地站在门口。姐姐看到我，跑出来问我有什么事情，我只好说我忘记带课本了，要借她的用一下。

杨逸抱着本子走过来，看到我们姐妹俩，笑着跟我打招呼："青颜，这就是你传说中的妹妹？"

我想起昨天他看我的眼神，悄悄红了脸。继而我敏感地意识到，他说的"传说中"是什么意思？传说中抽烟、打架、早恋的双胞胎妹妹？谁知道我姐背地里跟他是怎么说我的！

我讨厌这种感觉，仿佛他们俩是一伙的，我就是个多余的，于是转身跑了。

这几天我一直心神不宁。我开始后悔当初那个决定了，如果没有尝试过姐姐的人生，我怎么会知道原来生活可以这么美好？可是，姐姐说什么都不同意再和我交换了，她总找各种理由搪塞我。

一天早上我起晚了，姐姐早已走了。妈妈递给我一杯牛奶，要我赶紧喝了去上学。我迷迷糊糊还没睡醒，不小心把牛奶打翻在衣服上。

“妈，我的那件黄色外套呢？”我扯着嗓子喊。

“洗了，还没干。”

“烦死了！谁让你洗的！那我现在穿什么啊？！”

“衣柜里那么多衣服哪件不能穿呀？”

“那些都是旧衣服！”

我一边抱怨一边翻衣柜，妈妈在旁边姐姐的衣柜里翻出一件外套。

“你就先穿青颜的吧，这件是今年新买的，总可以吧？”

我不情愿地换上，磨磨蹭蹭去了学校。又是无聊的一天。今天轮到我值日，但我不想打扫卫生，威胁班上一个胆小的女生帮我扫地。我坐在桌子边百无聊赖地看着楼下的篮球场，一眼就看到了他——杨逸。真奇怪，我姐为什么不喜欢他呢？他那么帅，那么阳光，我姐肯定是装的吧。

这么想着，我走到了篮球场旁。杨逸好像第一时间就看到了我，他跳起来冲我挥了挥手。所有人的目光都因此落在我身上，我不好意思地低头笑了笑。

中场休息时，杨逸朝我跑来，说：“你能来看我比赛我真是太高兴了，他们都说你已经回家了。”

我的笑容凝固在了嘴角，他把我错认成了姐姐！

“你……一会儿有事吗？”他小心翼翼地试探着问。

我恶作剧的心理蹿出来，我真想知道他约我，哦不，约姐姐会做什么。于是我爽快地说：“没有啊，我等你。”

他眼睛一亮，说真的，他的眼睛真漂亮，像星星坠落进湖里。

等杨逸打完比赛，已经六点半了。因为是周五，学校里的人走得都差不多了。他局促地看着我，好像很不好意思。我被他逗乐了，我谈过很多所谓的男朋友，都是小混混，没有一个露出过他这样的神情。

我陪他回教室拿书包。上楼梯时，我们的手碰到一起，一下，两下，三下。我侧头看他，发现他的脸居然更红了！我干脆一把牵住了他的手，他愣了一下，掌心潮乎乎的，不知道是因为紧张还是热。

我们牵着手一起走到教室门口，他突然说："你……"

"我怎么了？"

"你今天……好像有些不太一样。"

"是吗？可能是因为感冒了吧。"

"哦，感冒……应该多喝水。"他傻乎乎地说。

"我听人家说，感冒了只要传染给别人就会好了，想不想试试？"

"啊？"

没等他反应过来，我就吻了他。

这是我的初吻，献给了一个我认识不久、说话不超过二十句的、喜欢着我姐姐的男孩子。

他也回吻了我。我现在回忆起那个吻，感觉就像夏天的汽水里扑通掉进一块冰块，刺激而冰凉，带着一个少女满心的倔强与温柔。

然后砰的一声，旁边会议室的门突然打开了，里面的人鱼贯而出，校长、副校长、教导主任……刚开完教学会议的他们，把两个接吻的学生抓了个现行。

杨逸被吓呆了，我也呆了，直到一个老师恶狠狠地问我："叫什么名字？哪个班的？"

我突然意识到，一切的一切，都是有因有果的：是上天让我打翻了牛奶杯，是上天让我换了衣服，是上天让我遇到杨逸，是上天，让我报这个仇。

于是我冷静、清晰、大声地说出了姐姐的名字："高二（4）班，青颜。"

我知道，从这一刻起，我已经毁了姐姐的人生，就像她毁掉我的人生那样。

如果说人的生命是一株藤蔓，我还没正式成长就被拦腰截断，开始进入枯萎的时节。而姐姐正处于努力向上攀爬的美好时节。

可那又怎样呢？终有一天，她也会枯萎。

姐姐，对不起。其实我这么任性，不过就是想看一场一个人的电影，想唱一首你不会唱的歌曲。我已经在被遗弃的路上走了很久，你若能跟上，这条路，我陪你走下去。

雪漫印象

青芜是我读书群里的一个孩子。小佳说她平时在群里很活跃，有点敏感，有点话痨。她还有一个亲姐姐。她在报名信里说她以为我是一个二十多岁的漂亮姑娘，结果发现我都可以做她妈了。她还安抚我说："没关系，我喜欢的是你的文字，你的文字就是你的样貌。"看得我哭笑不得。

在夏令营开营仪式上，她主动冲我打招呼。

"雪漫姐，我叫你雪漫姐吧！你好萌哦。"她说话声音很大，也许是跟听力不好有关。

接下来在夏令营里，我一直在远处观察这个姑娘。她眼睛很大，说话小心谨慎，却会在动情时放大嗓门。

"雪漫姐，我有忧郁症，你知道吗？我的人生特别凄惨，我没有朋友，没有父爱和母爱，虽然有姐姐，但她什么都比我强！

本来我俩挺好的，但是不知道什么时候开始她变得世故现实。雪漫姐你知道吗，看《左耳》的时候我特别兴奋！小耳朵让我找到了内心的依靠，可是，为什么大家都喜欢小耳朵，我却很少被人喜欢呢？”

那几天，我剧组、夏令营两头跑，已经很累了，她拉着我侃侃而谈，无休无止地说到凌晨一点，丝毫看不出我脸上的困意。这孩子是太需要倾诉了吧。我拍拍她的肩膀，挺好的，起码没有忧郁症。

她反复提到一句话：“为什么大家都不喜欢我呢？”

这倒是真的。有一晚我带着大家做心理互动，我们围坐成一个圆圈，说自己的心里话。开始没多久，就轮到了她。话筒到她手上时，我心想，糟糕……

果然，她一开口就完全停不下来，不停地说自己有多么无助、伤心、失落、绝望。当说到自己难过的事情被安慰被同情，她就会立马说出比上一件事还要伤心惨痛的经历。

工作人员不得不打断她：“雪漫姐可以私下跟你聊天，我们把时间留给其他营员好吗？”她终于放下话筒。等下一个孩子开始说自己的事情时，她又立刻插话把话题引到自己身上，完全没有注意到旁边的白眼。

那晚的节奏完全被她破坏了，后来我听到孩子们说得最多的是：“时间都被她浪费了，而且她说的话漏洞百出，太烦人了。”

其实，青芜这样的姑娘，我之前也遇到过不少。为了得到更多的关注而编造一些无伤大雅的谎话，前言不搭后语，略微夸张地描述自己的悲惨……这些在我看来，都不算严重。

她给我发过很多长篇大论的微信。

“雪漫姐，其实我平时很不喜欢与人交流。这次我来，也不知道为什么一见到你、见到大家就打开了话匣，好像把一辈子要说的话都说完了！其实，我也有一肚子的话想跟我妈、我姐、我爸说，可是，我真的不知道该怎么开口。他们都不喜欢我，这个世界上根本就没人喜欢我……

“我羡慕我姐，为什么她的人生那么美好？说真的，我有一段时间想把她杀了，只有这样我才有可能得到幸福。但是我狠不下心，她毕竟是我姐啊……

“雪漫姐，我妈又逼着我去学校了。那个老师恨我入骨，我真担心自己会死在他手里……

“雪漫姐，你救救我……”

我如果长时间不回信息，她会生气，然后又发一堆微信给我。

我不知道她到哪天才会懂得，世界上存在一种吸引力法则，物以类聚，人以群分，人总是倾向于跟自己的同类待在一起。没有人会喜欢开口就是抱怨、浑身充满负能量的人。这是一个固执地生活在自己世界里的女生，面对她，有时候我常常感觉自己无能。我不知道夏令营到底改变了她多少。但每天都能收到她的微信，看到她在群里活跃的状态，我总相信，事情还不算太坏。

后来，我分享了一篇网上的文章给她，那篇文章叫作《我们的时代病：渴望他人的爱，却从不爱别人》。

文中说，我们对爱的渴望和自身感受爱的能力之间，存在着明显的矛盾。我们自己对于爱的过分需要，往往同缺乏对他人的关怀和体谅形成鲜明的对比。这就是我们痛苦的最大原因。

我把这些话给她标了红。

三天后，她对我说："我发现自己好像真的太自私了。或许你说得对，我应该学会关注别人比关注自己多一点。"

相信她真的会懂。

你别想买走我的痛，
对我而言，它值千金

[一千个假想结局]

吉吉

女生档案

人物：吉吉
年龄：15 岁
城市：天津市
关键词：寄人篱下
个性签名：你别想买走我的痛，对我而言，它值千金

自白

女生故事

“你这个做姑姑的可真好，还给她书读。”

“她想读书，我就答应了，我把她爸爸留给她的那套房子卖了。”女人说着，摸了一张牌，低头笑道。

每次看到电影《色·戒》里的这场戏，我都会没来由地厌倦。我厌倦现实，平生最大的理想就是——活在电影或是书里。

很可惜，我没有这样的爸爸，也没有这样的姑姑，算得上人生中的一大憾事。

你说我文艺？抱歉，我只是按照我妈妈希望的方式活下来而已。自妈妈去世之后，陪伴我的，是她留给我的一堆书。我妈读书少，一直不受我爸爸这边的家人待见，所以她在世时一直跟我说：“吉吉，你得多读点书，不能吃和妈妈一样的亏。”

托我妈的福，八岁那年我已经摘抄了两大本经典语录。很可惜，她没有机会翻阅。

原谅我必须用一个非常老套的开头来讲述我的故事，虽然这完全违背我的初衷。

嗯，没错，在我八岁那年，我的妈妈离开了我。是真正意义上的“离开”。夺走她生命的是一种可怕的病——胃癌。

在我的记忆里，妈妈不过是经常胃痛，吃一片白色的药片就会变好。我从来没想过有一天她会倒下，再也没站起来……

在殡仪馆里，一家人泣不成声，我却没有哭。在妈妈被推进火葬场前，爸爸对我说：“吉吉，去看妈妈最后一眼吧。”

我闷声不说话。爸爸想拉我，我一把将他甩开，然后头也不回地跑掉了。

后来，听说好多亲戚都在背后议论我：“这孩子心真狠。”

呵呵，我心狠？她就这样撒手走了，留下孤单的我活在这个世界上，她不心狠吗？

妈妈去世以后，我被寄养在舅舅家，从此开始了黑暗的生活。我永远都不会忘记刚到舅舅家那天，他们一家人嫌弃的眼神以及爸爸对着他们不停点头哈腰的模样。

“寄人篱下”四个字，深深地刻在我的心上。为了生存，年幼的我无师自通地学会了察言观色和委曲求全。

饭桌上，舅妈说：“阿辉，今天做了你最爱的红烧肉，你多吃一点啊！”然后把原本放在我面前的菜挪到表哥面前。我只能一声不吭地夹我面前的青菜。

有时候舅舅看不过去了，夹几块肉到我的碗里。舅妈就开始念叨："吉吉是女孩子，吃多了肉会长胖的。你这个当舅舅的，就是不懂她们小女孩的心思。你把她喂胖了，小心她以后怨你呢！"

为了不让舅舅难堪，我只好咂咂嘴说："对啊，我不喜欢吃肉，我吃菜就好了。"

天知道，正在长身体的我每天晚上做梦梦见的都是大块大块的红烧肉。

我只是常常想不明白舅妈为什么要这么对我。她是我舅妈，又不是我后妈，再说了，我爸又不是没给他们生活费，至于这样虐待我吗？

不过毕竟是住在别人家里，给别人带来麻烦就应该知趣。所以我做什么事情都小心翼翼的，但舅妈就是故意要找我的碴儿。

我从小就讨厌甜食，吃了太甜的东西就会吐。有一次舅妈做了糍粑，晚饭前，每人碗里都放上一块。闻到那甜腻腻的味道，我就开始不停地反胃。

我看表哥吃得津津有味，就对他说："哥，我这块也给你吧！"

我的话还没说完，就被舅妈打断了："不行，必须得吃。我花了一天的时间才做好，每个人都要吃！"

没办法，我只好拣着没有撒上白糖的地方一小口一小口地咬，舅妈一动不动地盯着我。我心一横，一咬牙把整个糍粑塞进嘴里，嚼了两下，本想直接咽下去，却没想到一恶心，反而喷了出来。

舅妈脸都绿了，拿起她面前的糍粑就朝我扔了过来，一边扔一边喊："辛辛苦苦给你做一桌子饭，你最后还给我吐出来，你有没有良心啊你！"

我吓坏了，带着哭腔说："不是的，舅妈，我只是吃不了甜的东西。我不是故意的，对不起，对不起……"

"吃不了甜的？这是什么富贵病？别人辛辛苦苦养你，照顾你，给你吃给你喝，你怎么就这么挑啊？你怎么不跟着你妈那个贱人一起去死啊，留在这儿祸害谁呢你！"

舅妈的话戳中了我心中最痛的地方，我在心里诅咒了一万遍让她去死，可嘴上却只能不停地对她说着"对不起，对不起"……那天晚上，我流了一夜眼泪。我真没用，竟然连维护妈妈的勇气都没有。只因为我是寄养的孩子，只能这样畏畏缩缩地生活在这个世界上。

我也曾和爸爸打电话抱怨过，为什么不能让我过去和他一起生活？他总说他一个大男人在外，很难把我照顾好。我说我已经不是小孩子了，可以自己照顾自己。我只是想和爸爸在一起，可是他总是说不行，不行。

这样的电话，我不知道偷偷打了多少次。而爸爸每次的回答也只是让我再等等，等有合适的机会就把我接过去，让我多体谅体谅他，听舅舅、舅妈的话。

也许我命里和舅妈犯克吧。她总是看我不顺眼，甚至还把我当贼来对待。

有天放学回家，我看到舅妈正专心地翻箱倒柜，似乎在找什么东西。我跟她打招呼她也没理我。我也没多想，径直走到自己的房里，关上门开始写作业。

没过多久，门砰的一声被舅妈一脚踢开。她不由分说地冲进来，把我的被子掀到地上，然后在我床上不停地翻找着。

我被舅妈的举动吓坏了，小声地问：“舅妈，你在找什么？”

舅妈突然停下手上的动作，转过身盯着我，一双眼睛里满是怀疑，厉声问：“我的手机是不是被你拿走了？”

我知道，舅妈上个星期新买了一部手机，是最新款，她很喜欢，每天都宝贝得不行。

“我没拿，不在我这里。”我说。

“那手机为什么会无缘无故没了，这家里除了你，没来过外人！”她一副要把我吃了的样子，像发疯似的在我房间里乱翻。

原来在我舅妈的心底，我一直都是个外人！

舅妈继续翻我的东西，直到从我的抽屉里拿出一张照片来。

那是我和我妈唯一的一张合影。我生怕她发疯给我撕掉了，于是赶紧走过去，想从她手里夺回照片。

舅妈捏着照片退后一步：“你也知道心爱的东西被人抢是什么滋味了吧？你把手机交出来，我就把照片还给你！”

“我真的没拿！”我就要哭出来了。

“那你就别想要照片了！”舅妈打开窗户，作势要把照片扔下去。

“求求你！”我朝着她喊道。

“那你说你拿没拿我的手机？”她恶狠狠地盯着我问。我知道，我必须承认。她已经认定是我拿的，如果不承认的话，我就保不住那张珍贵的照片。

我只好屈辱地点了点头。

“果然是你这个不要脸的赔钱货干的好事！快把手机给我交出来，你该不会把它拿去卖了买零食了吧？”舅妈把照片狠狠地扔在地上，刚要动手打我时，舅舅推门进来了。

舅舅问了情况后，问我：“是不是你拿的？是就说是，不是就说不是。”

“不是我。”我看着舅舅就像看到了救星，从地上捡起被我舅妈踩了好几脚的照片，改了口。

“那为什么你刚才说是你拿的？”舅舅质问我。

“你看看她，从小就没有实话，这还得了？不仅偷东西，还学会说谎了！看我不好好教训你！”说完，舅妈把我摁到床边，顺手抄起一根皮带狠狠地抽在我的屁股上。

我被她打得不停求饶，可是舅妈丝毫不心软。舅舅在一旁无奈地劝着，表哥偷偷趴在门口看我的笑话。

我死死地捏着我妈的照片，照片上的她温柔地把我搂在怀里，微笑着。不知道在天上的她看到女儿在受这样的苦，会不会心都碎掉。想到这里，我的眼泪流不停，真希望随她而去，从此脱离苦海。

舅妈把这件事情告诉了我爸，爸爸给我打了电话。他并没有问我具体的原因，也没有责骂我，只是叮嘱我要好好照顾自己。挂电话时，他问我最近是不是缺钱了，想要手机他可以给我买。

呵呵，原来他在心里也认定是我偷了手机。我已经习惯了爸爸的漠然，我不相信他不知道我其实过得并不好，他只是不关心而已。有的时候我会想，所谓的“孤儿”，也不过是我这个样子吧。

过了几天，爸爸给我打零用钱的时候，多打了五千块，让我拿给舅妈赔礼道歉。虽然心里很不服气，但我还是把钱拿给了舅妈。

舅妈拿了钱还是会隔三岔五地念叨这件事情，不厌其烦地对来家里的每一个人说：“小孩子从小手脚就不干净，这还得了？幸好被我发现了。我是看她可怜，帮她爸爸管教她。”每次听到她这么说，我都在心里狂骂：“谁稀罕你管教，你明明就是个无赖！坑了我爸五千块。”可事实上我什么都不敢说，继续低眉顺眼地在她眼皮子底下讨生活。

手机失窃事件后，舅妈就把家里所有值钱的东西都锁了起来，把我当成贼似的防着。我心想，谁稀罕她那些破玩意，给我我都不要。

我看不惯舅妈，却也不敢跟她吵，心里憋得快疯了，就在朋友圈吐槽：“有些大人真的是掉进钱眼儿里去了，几辈子没见过钱，拿着别人的钱买好东西，真不害臊！”

我忘了微信里加过表哥，表哥偷偷把我的朋友圈给舅妈看。这还得了，那天放学，我一回到家，舅妈就扯着我的头发大声骂，说我这辈子都欠她，用多少钱都偿还不了。我知道没人会来救我，我只能自救！于是我就跪在地上，一边给舅妈磕头一边说我错了，求她不要再打我。

可是舅妈不肯放过我，也不肯原谅我，还一直逼问我，欠她的拿什么来还。

我的心里难过死了。我不明白，我已经失去了那么那么多，为什么还要偿还别人。我真的不知道该说什么，也不知道自己为什么要道歉，更不知道到底要偿还舅妈什么。

最后舅妈折腾累了，才放过我。

我忍着疼，回到自己的房间。掩上门后，在自己的小世界里，我开始用自己的方式肆意地宣泄着内心压抑的愤怒和恨意。

她没少在我舅舅面前说我坏话，说我是个“名言婊”。呵呵，难道我要像她那么庸俗，张口就是“三字经”吗？我才不要。

可是我发现，我渐渐也成为舅妈那样的人。在她的折磨下，我原本用来摘抄经典语录的笔记本里面的内容变了。我喜欢把那些恶毒的语句写下来时的快感，那些带着诅咒的字句都是我夜夜祈祷的内容。

“那个贱人，她不得好死！她早晚有一天会遭报应的。”

那晚我失眠了。失眠的时候我就会看小说，看我最喜欢的作家饶雪漫的书。我爸上个月给我打的零花钱都被舅妈以“不让我乱用钱”为理由没收了。我说要买历史参考资料，她才施舍了我一点点钱，我偷偷买了一本《蛰伏》。这本书看得我泪流满面，那里面有很多和我一样的同龄人，有着和我类似的经历。看到她们的故事，就像看到我自己。可她们终归不是我，我能得到的也只是一份共鸣而已。

我最好的朋友夜子，也是因为饶雪漫的书和我变成闺蜜的。

那是开学第一天的晚自习，夜子在偷看藏在课桌抽屉里的小说，看得特别入神，以至于没有注意到班主任进入教室。

我和夜子的座位隔着一条过道，我早就看到她在看小说。没一会儿，班主任发现夜子不对劲，正要走过来，我突然咳嗽了两声。夜子察觉出异样，赶紧把小说塞进抽屉，奋笔疾书开始抄写英文单词。

班主任站在夜子身旁，厉声道：“有些同学自习课做与学习无关的事，不要以为我没看见，下次决不轻饶！”说完，班主任还意味深长地看了我一眼。

等班主任离开后，一个纸团飞到了我的桌子上，我展开一看，上面写着：“谢谢你，吉吉！”还有一个咧着嘴笑得很甜的简笔小人。

我回了一句：“不用谢！”然后把纸团扔回给她。

我对她比了个“耶”的手势，她对我眨了眨眼睛。

后来，我知道了夜子偷看的是《左耳》，特别兴奋地和她聊起了书中的人物。我们两个人最喜欢的角色都是吧啦，还有她的那只叫小逗的猫。我们的友谊便因为《左耳》开始了。

很快，我们像所有闺蜜那样一起上下学，一起逛街，穿同款的衣服，用一样的书包。我从来没有遇到过和我这么合拍的女生，我也从来没有这么信任一个人。

我也是第一次把我的故事讲给另外一个人听。

夜子还没听完，眼中已经满是泪水，我能感觉到那眼泪是真心的。我突然像受了多年委屈终于得到理解一样，号啕大哭起来，把所有的难过、所有的委屈、所有的怨恨都一下子哭了出来。

第一次去夜子家，我拘谨地坐在客厅里，看着夜子妈妈在厨房里忙活着。那天，夜子妈妈做了好多菜，还特地做了我最爱的红烧肉。我感激地看了夜子一眼，夜子只是对我笑笑说："吉吉，你就把我家当你家，把我妈妈当你妈妈。"

我酸着鼻子不停地把红烧肉塞进嘴里，夜子妈妈还不断地叮嘱我慢点吃。这么多年过去了，我终于感觉到了母爱的温暖、家的温馨。

夜子对我特别特别好，常带好吃的东西给我，也经常邀请我去她家玩儿。夜子妈妈每次都会提前准备好我爱吃的菜。我想，如果夜子妈妈是我妈妈就好了。

越这么想，回到家里，我就越难过，面对舅妈的时候变得越发不耐烦。

又是一个周六，我和夜子约好一起去看电影，然后再去她家吃饭。我特别兴奋，所以很早就起来洗漱，然后换上前几天新买的衣服，坐在屋里等待着约定的时间。

舅妈突然推门进来，吓了我一跳，我下意识地大喊了一句："你不知道进别人的房间应该先敲门的吗？"

"别人房间？这是我家，我想进哪个房间就进哪个房间！"舅妈不屑地看了看我，又接着说，"今天修下水道的会来，我和你舅舅有事儿得出去，你表哥和你留下来看家，哪儿都不许去。"

"我和夜子约好要去她家玩儿的！再说了，我表哥一个人留下来看家不就行了，为什么我也非得在家里待着！"我大喊起来。

"每个周末都去那个什么夜子家，再不管管你，我看你心都玩野了！"说完，舅妈摔门出去了。

过了一会儿，我听到舅妈在屋外对表哥说："我把门反锁上，你拿着钥匙，等修理工来再开门！今天绝对不能让吉吉出去，听见没？"

我无望地躺在床上，然后拿着手机给夜子发短信。

"夜子，我今天不能出去了，我舅妈把我锁在家里了。"

"你舅妈真是个大奇葩。"

"夜子，还是你对我好。夜子，你不可以对别人比对我好哦，除非是你的老公、你的孩子。其他人谁都不可以。你要是对别人好了，就不会对我好了。"

"不会的，吉吉。你别难过了。我们会一直一直很要好的，就像小耳朵和吧啦那样好。"

第二天，我翘掉了辅导班的课，问夜子可不可以去她家。夜子说她正在和小学同学聚会，不过她妈妈在家，让我先过去。

我兴奋地跑到夜子家。夜子妈妈给我准备好水果和饮料，帮我打开电视后，开始收拾房间。我随意地坐在沙发上，仿佛成了这个家的一分子，毫无违和感。我曾经无数次幻想过这样的场景，身临其境的时候竟然有了想哭的冲动。我看着夜子妈妈的身影，突然觉得自己好幸福，原来这就是家的感觉。

夜子妈妈好像感受到了我的视线，转过身问我有什么事吗，我咬着唇摇摇头。夜子妈妈笑着摸了摸我的头，我傻傻地看着她不停地笑。

有妈妈的感觉真的太好了。

夜子妈妈生日的时候，我送了她最喜欢的百合，那是她第一次拥抱我，我到现在都能记起她身上散发的好闻的味道。妈妈去世后，我再也没有被这样一个女性拥抱过了。如果不是夜子喊我去吃蛋糕，我真的想赖在那个怀抱中永远都不出来。

幸福之余，因为太怕失去这种感觉，我拼了命地想要珍惜。

母亲节那天，我用攒了快一个月的生活费买了一瓶很贵的香水。我送给夜子妈妈的时候，夜子妈妈惊喜的表情我至今都记得，她还夸我懂事，说我比夜子更像她的女儿。

夜子在一旁嘴噘得老高，而我的心里却乐开了花，脑海里不断回想着夜子妈妈刚刚说的那句“你比夜子更像我的女儿”。

我把所有可以节约下来的钱，都用来给夜子妈妈买礼物，巧克力、音乐盒、水晶球……一切我觉得美好的东西，我都想给她。

每次看到我送的东西都被夜子妈妈摆在客厅的橱柜里时，我就会觉得格外开心。

她让我不要再送礼物了，留下钱买一些自己喜欢的东西。我却摇摇头，说："我没有妈妈，没办法对她好，所以……"夜子妈妈明白了我的心意以后，也就没有再阻拦过我。

除了送礼物之外，我每天都要给夜子妈妈发微信，一开始只是早上的问好和睡觉前的晚安；后来开始跟她讲学校里发生的事，讲和舅妈发生冲突的事，也讲我很希望她是我妈妈。那时候，我觉得每一天都是幸福的。

人的情感就是这样吧，一旦开始就难以控制。

一天，我又跑去夜子家，看到正要出门的夜子和夜子妈妈，刚想从后面冲上去打招呼，却听到夜子妈妈说："难得吉吉没来，我们一家终于有一个清闲的周末了。"

"是啊是啊，好烦啊。我是看她可怜才想让她偶尔来家里玩的。谁知道她这么黏人，每个星期都要来。"

"这孩子太让人为难了，不停地送些没有用的东西来，家里都快放不下了，也不好意思扔。她这样天天往外跑，她家里人也不管管。每天给我发些乱七八糟的信息，这孩子心理有问题吧。你以后少跟她玩儿，知道了吗？"

听到这样的话，对我来说，简直是晴空霹雳。我整个人都蒙了，在原地站了好半天才回过神来。回家的路上，我怎么也想不明白自己到底做错了什么，为什么我这么喜欢的两个人会在背后说这样的话？难道之前她们对我的好都是假的吗？

回到家里，一打开门，我就看到舅舅、舅妈脸色铁青地坐在沙发上，茶几上摆着一张卡片。我顿时明白了一切，冲上去想抢回那张卡片，却被舅妈一把推倒在地。

“你凭什么乱翻我的东西！凭什么！”我撕心裂肺地吼叫着。那张卡片是我要送给夜子妈妈的。

我没想到的是，还没等舅妈开口，一直沉默寡言的舅舅突然厉声道：“你看看你自己都写了些什么，害不害臊，我们家的脸都给你丢尽了！”

“是啊，也不知道跟谁学坏的。你看看你写的，‘我非常非常喜欢你，喜欢你的声音，喜欢你的笑容，喜欢你的拥抱’，我念着都害臊，真是不要脸！我们家怎么就出了你这么个变态！”舅妈在一旁煽风点火道。

“你才是变态，你们全家都是变态！”我吼道。

舅妈愣了一下，然后一巴掌掴在我的脸上，指着我的鼻子骂道：“你个白眼狼，都敢跟我顶嘴了！”说完，她拿起桌上的卡片就要撕。

“不要！”那是我花了整整一天的时间亲手做的卡片，那是我的满满心意，是我全部的寄托，哪怕已经没有送出去的必要，我也不想它被破坏，“不要，舅妈，我求求你了，你不要撕。我以后听话，以后我都听你，我求求你了……”

上帝并没有听到我的乞求，舅妈也没有，那张卡片很快便成了一把碎纸屑。

为什么？为什么大人们都这么自以为是，这么蛮不讲理？没有人在乎我的感受，现在连我唯一的寄托也已经离我而去，可我还要留在人世间，受这样的羞辱。

我一直跪在客厅里，直到深夜，最后哭晕在地板上，就那么睡了一晚。

第二天，我在我的日记本上写下一行字。

“你们会为昨天的事付出血的代价。”

我暗暗下了决心，决定实施我的报仇计划。我受了太多的苦，是时候让他们偿还我了。

那天放学，我早早回到家。舅舅和表哥照例还没回来，舅妈在厨房做饭。中秋过了没多久，我爸特地寄了盒月饼过来——说到这盒月饼我就来气，明明知道我只喜欢火腿口味的，舅妈却把唯一一个火腿味的给了她儿子！

月饼还有两个，我偷偷拆了一个，把里面的干燥剂拿出来。就在这时，舅妈突然在我身后说：“你偷偷摸摸干什么呢？”

我吓了一跳，满脸惊恐地回头。

她狐疑地看了一眼月饼：“你想偷吃吗？那两个是留给你舅舅和表哥的。你不是不爱吃甜食吗，难道是装的？”

她骂了两句，也许是看到我没有动月饼也不好再做文章，便拿着锅铲走了。

我手里紧紧捏着那包干燥剂，紧张得手心全是汗。

我记得以前听老人说过，干燥剂是有毒的，吃了会死人。

就这样吧，我想，我们大家死了一了百了。

舅妈在熬汤，我趁她去客厅接电话的时候迅速溜进厨房，把那袋干燥剂倒进汤里。白色的干燥剂迅速溶化进水里，没有丝毫破绽。

不久舅舅和表哥都回来了，我借口说不饿回到自己的小屋。我关上门，心扑通扑通地跳，外面他们一家三口在一起其乐融融的。他们本就是一家人，我一直是寄人篱下备受屈辱的那一个。我听见舅舅说：“要不要叫吉吉出来吃饭？”

舅妈不耐烦地回道：“她这么大一个人了，饱饿自己还不知道吗？你管这么多干吗？”又对表哥温柔地说：“阿辉，排骨汤你要多喝，有营养。”

我的心提到了嗓子眼，一瞬间我有尖叫的冲动，如果他们真的死了怎么办！我才十五岁呀！我不能做杀人凶手！

想到这里，我突然推开房门冲了出去，一把夺过表哥的碗，然后又端起那满满一碗排骨汤直接摔在地上。噼里啪啦一声巨响，瓷碗的碎片和汤肉溅了一地。

全家人都惊呆了，直到舅妈发出一声尖叫：“张吉吉你是不是疯了！”

我当然没疯！可是我能说什么呢？我下毒想杀了你们，可是我又反悔了？我当然不能这么说。在他们诧异的眼神里，我抓起衣服夺门而去。

这个城市的秋夜充满寒意，我一个人走在冰冷的大街上，看着星光点点。身后的小区早已万家灯火，可是，没有一盏灯是属于我的。我想起妈妈去世的时候，爸爸让我看她最后一眼，我没有去看，所以，她在惩罚我吧，让我这一生都没有一个温暖的家。

走着走着，已经到了晚上十一点，我肚子空空，口袋也空空。我拿出手机，在通讯录里翻了又翻，竟然找不到一个可以投奔的人。我的手停留在“爸爸”两个字上，犹豫着要不要拨通他的电话。可是，打通了又能怎样呢？他永远只会用那一套敷衍我：“你要听话”“爸爸过段时间就来接你”“最近太忙”……

想着想着，我的手机突然响了，居然是我爸！我们父女头一次这么心有灵犀！

“爸，怎么了？”

“张吉吉！你现在在哪儿？”他的口气很严厉，一听就知道不是好事。我突然反应过来，肯定是舅妈跟他告状要我赶紧滚回家。

我恹恹地说：“别说了，我马上回去。”

谁知他却说：“你还有什么脸回你舅妈家！”

这是什么情况？

“你整天把自己关在屋子里写些什么乱七八糟的东西？你那个本子里面写的还是人话吗？你还是个孩子，心肠怎么这么恶毒！”

天哪！他们发现了我的日记本！

这一下，我简直百口莫辩！

“我不会管你了，你死在外面算了！”我爸啪的一声挂断了电话。

我握着电话，看着漫长的无尽的夜，突然觉得很累很累。我无法完成人生这场修行了，实在是太累了。

一直以来，我都特别想活在小说里。关于我自己，我甚至有一千个假想的结局。可是我们谁都逃不过命运的摆弄。

对了，我还有一个秘密，就是我的胃不知道什么时候开始频繁地疼痛，我对谁都没有讲。之前我体会不到妈妈那时的病痛，现在我自己也患上胃病，才知道那种疼痛有多难以忍受。

可这种痛比起生的痛又算得了什么呢？

雪漫印象

夏令营开营之前，我就听闻过吉吉的大名。我们的副营长小佳对她赞不绝口："这个姑娘特别好，非常热情，总会在我忙不过来的时候帮我向其他营员转达事情，也会在群里解答其他人的问题，帮了我不少忙。自理能力也特别强，报名、准备材料、汇款这些事情都是她一个人做的，她今年只有十五岁哦。"

后来我去看了她的报名信，她在信中写道："我无法完成人生这场修行了，太累。也许我是懦弱的，我真的不明白应该如何成长。有时候我觉得，也许我死了大家都会轻松些……"

哦，亲爱的孩子，我很想抱抱你。

开营仪式上，我终于见到了吉吉。她梳着马尾辫，个子不高，白白净净的，非常可爱。可是，见到我们，她并没有表现得很热情，不像在 QQ 群里那样活跃。

我能看出来，她在生活中戒备心理很强，就像一只蜗牛，有保护柔软身躯的外壳，躲在里边不敢轻易伸出触角。

这孩子似乎总把死挂在嘴边。在度假村的一晚，她突然胃疼，很严重。工作人员赶到她房间时，她蜷缩在床上疼得满头是汗。大家都很着急，准备送她去医院。吉吉疼得咬着牙，却坚持说："没事的，我经常这样，只是胃疼而已，又死不了人。"

她一边这么说着，一边嘱咐我们小声一点，她怕打扰同屋的女孩休息。

那天小佳陪了她很久，也许是把她感动了，从那之后，吉吉就成了小佳的尾巴，走到哪儿跟到哪儿，找不到了就到处问人："我的小佳姐姐呢？"

有工作人员和小佳开玩笑："吉吉该不会是爱上你了吧？"

小佳摇摇头，说："她只是很缺乏关爱，谁对她好，她就会立刻像潮水一样回报过去。"

吉吉很喜欢看书，说起安妮宝贝、张爱玲、莎士比亚滔滔不绝。在日常的交谈中，她也十分喜欢引用名人名言。

"弗洛伊德曾经说过……"

"就像伍迪·艾伦说的那样……"

"我很赞同莎士比亚的话，他说……"

有一天晚上，我们围坐在一起说自己的烦恼。青芜说她的父母如何如何不理解她，但我们都觉得其实是她自己任性。我的一个工作人员心直口快，言语稍微有些过激，把青芜教育了一顿。

过了一会儿，吉吉坐到我身边小声说：“我觉得刚才她那样说很过分，青芜还是个孩子。”

我说：“可是，总要有人来告诉青芜她错了，她不能一直这样自私下去。”

吉吉没说话，回到屋里，她又通过微信给我发来一段名人名言。“一个人按照自己的意愿去生活不叫自私，强迫别人按照他们的方式过一生才叫自私。”

看着她的这段话，我简直哭笑不得，有时候她固执得像个小老头。

有一回我让大家说说自己的梦想，孩子们在群里七嘴八舌，唯独吉吉没说话。等大家说完都散了，她突然发了一段长长的信息：“我的梦想是让兔子同学明白，伤口是耻辱的象征，不要再划伤自己的手腕，把伤疤留给别人看是软弱的表现，也很丑陋。”

群里突然冷场了，兔子也没有回复她。

那天晚上好几个营员偷偷跟我表达了不满：“她把自己当成什么了？凭什么这么说别人？”

夏令营快结束的时候，她又闹了一次“退群事件”。起因是她又在群里说教另一位营员，大家都火了，跟她吵了起来。她受不了，一气之下退了夏令营的群。

我第一时间把她拉了回来。

“这是我们的家，谁也不准离开。”我对她说。

“谁稀罕啊！”她嘴上这么说，但也没有再退群。

其实我知道，因为从小的家庭环境没有给她提供太多安全感，吉吉的内心其实非常非常不安，这种不安需要别人的认可来安抚。所以她喜欢教育人，喜欢表现得自己高人一等、出类拔萃，也因此常常刺伤别人。

离开夏令营的时候，我终于忍不住告诉她："我查过了，干燥剂没有毒，吃了最多拉肚子。"

她脸上的表情变幻莫测，从震惊到错愕到释然，然后长长松了口气。

我喜欢她最后那个表情，如同暴风雨后的平静。

"我以后不会犯傻了，冲动是魔鬼。"她说。

"继续多读书，对你有好处。"我鼓励她，"这也是你跟很多孩子不一样的地方。"

"我会的。"她说，"不过你要答应我，先给小佳姐涨工资！"

"你为什么那么喜欢小佳姐？"我问她。

她想了好一会儿才回答我："我喜欢每一个对我好的人。"

夏令营结束后，吉吉很少跟小佳联系了，我开玩笑说："怎么，你被打入冷宫了？"

小佳学着深宫怨妇的样子说："吉吉现在超忙，她正在备战中考，忙得连喝水的时间都没有，哪里还顾得上我？"

我笑了，没有消息就是好消息，不是吗？

我没有告诉她，我真的很喜欢她的 QQ 签名：你别想买走我的痛，对我而言，它值千金。

风是怎么刮的，
冰都记得

［就算不是公主］

小宁

女生档案

人物：小宁
年龄：19 岁
城市：郑州市
关键词：颠沛流离
个性签名：风是怎么刮的，冰都记得

自白

女生故事

“姐，你觉得我是个问题少女吗？”

我问我姐这个问题的时候，她正蹲在地上给她的车换新轮胎，满头大汗，脸上身上都搞得脏兮兮的，完全没空理我。

于是，我又大声地问了一遍。

她站起身来，用手指着家的方向对我说：“安小宁，没见我正忙着吗？你赶紧给我回家写作业去！”

这就是我姐安小漠，一个标标准准的女汉子。专心致志做某件事的时候，她压根不会给你任何和她聊天的机会，不管你是谁。

我姐比我大七岁，她十六岁那年就一个人离家独自在外面闯荡了。小小年纪就行走江湖，当然吃过不少苦，她给人端过盘子，洗过碗，当过清洁工，站过柜台，推销过婚纱照、啤酒以及各种化妆品，卖过安利，在洗头房当过洗头小妹，在美甲店帮人修过手指甲和脚指甲。反正，什么赚钱她就干什么，再苦再累都没听她抱怨半句。

我姐真的很少跟我讲她吃苦受累的故事。在她的眼里，这些事都是稀松平常的。她最爱跟我说的一句话是："人只要活着，就要为活得更好去拼。"

现在我姐在一家不错的外企上班，已经从最基层的销售人员升到了部门主管，手底下管着好几十号人，工作不算累，工资还挺高。在很多人看来，我姐就是一个传奇。

虽然我跟我姐是同一对父母所生，但和她比起来，我就是一如假包换的尿包。

我爸妈在我四岁多的时候离婚了。我跟了我妈，我姐跟了我爸。离婚的原因是我爸有了外遇。当时我爸都认错了，但我妈认为这对她而言简直是奇耻大辱，所以这婚非离不可。我妈长得挺好看，我爸新找的那个女人还真是长相平平、智商平平，也没什么钱，买东西都是我爸刷卡，唯一的优势就是年轻，比我姐也大不了几岁。

用我妈的话来讲："妖精还没长个妖精样！"

离婚后，我妈要上班，早班晚班倒来倒去，一个人带着我过日子特别艰难，于是就想到了把我送给别人。

领养我的人是一对年轻夫妇。他们把我带到了一座新房子里，房子特别大，有一个房间是专门给我的，里面堆满了玩具和新衣服。那对年轻夫妇蹲在我面前对我说："以后，我们就是你的爸爸和妈妈了。我们给你起了个新名字，叫小希，希望的希，好不好听？”

我一边搭积木一边抬起头来冷冷地问他们：“我又不是你们亲生的，你们不怕我将来不养你们吗？”

他们一听我这么说简直吓坏了，连晚饭都没给我吃，当天就把我送了回去。我清楚地记得他们是这么跟我妈说的：“你这小孩太精了，我们可养不起。”

我妈实在没办法，跟我爸商量后，把我送回了乡下我奶奶家。奶奶除了给我一口饱饭吃再也不能给我什么。乡下的日子清贫就罢了，最可怕的是无聊，我每天放学后都不知道能干些什么。家里那台黑白小电视坏了的时候，我唯一的乐趣是去看杀猪。听着猪的惨叫，看到猪血喷出来的那一刻，我有一种奇怪的快感。和猪比起来，至少我还不会被人任意宰割，被人端上桌面再吃进肚子。

自我安慰，是我无师自通的本事。

我九岁那年，奶奶去世了。那时候我妈完全顾不上我，我爸迫不得已把我接回了他家。十六岁的姐姐已经退学，跟着老乡去了外地打工。我和我爸、我后妈还有我同父异母的弟弟生活在一起。那个家很小，我只能住在储藏室，里面有很多老鼠，每晚都跟我抢被子，要不就在我床头窸窸窣窣地跑来跑去。我很害怕，但是提了很多次我爸都不管，直到有一天，我弟在我床上玩，差点被老鼠咬了鼻子，我爸才下定决心用了很多办法，最终把老鼠消灭掉了。

我当然知道我跟我弟在这个家里的地位是不一样的。我觉得我爸肯娶我后妈就是因为他太想要一个儿子了。男人都是这样，总觉得有了儿子才算真正有后代。我和我姐，在他眼里都是赔钱货。

但是这些对我不重要，重要的是，现在的我至少有个家，有书读，有彩色电视看连续剧，偶尔还有新衣服穿。这些对我就足够了。我后妈那个人嘴特甜，谁都说她是好人，说我遇上她是我的福气。我爸有好一阵子甚至认为我的坏脾气全都是她宠出来的。不过说真的，她的表面功夫的确做得很到位，特别是我爸在的时候，她对我特别好。但我爸只要不在，她多半都冷冷的，也不爱跟我讲话。

有一次，我后妈钱包丢了。因为只有我去过她的屋子看电视，所以她认定是我偷的。她像疯子一样在家里转来转去，把储藏室翻了个遍，扬言要打断我的腿。我当时怕得要死，也满屋子帮她找，找不到就哭着给我姐打电话，我姐让我把电话交给后妈。后妈坐到沙发上去接，接完后平静了很多，也不再提钱包的事。

后来我问我姐跟她说啥了。我姐回答我说："不记得了。"

倒是有一次，我偷听到后妈跟人说："没见过姐姐这样护着妹妹的，骂她两句就要剁我的手，我惹不起，还躲不起吗？"

我真心觉得我姐够牛。

知道后妈欺软怕硬后，我也胆肥了，经常选我爸不在的时候跟她吵架。我俩特有默契，不管吵得有多厉害，只要我爸一进门，我们就立刻闭嘴各干各的，像什么都没有发生过一样。

有一年春节我姐回家，给我后妈买了一件新毛衣做礼物。后妈特别喜欢，穿上后不停地照镜子。我看她们像姐妹一样嘻嘻哈哈地聊天，特别不理解。晚上我就问我姐："你跟她真的有那么谈得来吗？你不觉得她很假吗？"

我姐看了我一眼说："你傻啊，我还不是想让她对你好点？"

我们家门口有个小卖部，我姐每次临走的时候都会在小卖部丢两百块钱，我去买东西，划账就可以了。当然这些我爸和我后妈都不知道。我姐要是把钱直接给到他们手里，一定轮不到我用。

我回城里之前已经在乡下的小学读了几年书，乡下的教育自然比不上城里，到了新学校，我成绩差得要死，好多字不认识。我不是特别合群，班里任何活动都不愿意参加。遇到调皮的男生欺负我，我也敢跳起来跟他打。城里的老师都觉得我没教养，不太喜欢我，三天两头打电话给我爸告状。

有一天，班主任心情不好，莫名其妙让我们全班在操场上罚站。太阳特别毒，我就带头跟班主任吵了起来，搞得她很没面子。那天她特别生气，给我爸打电话让我退学，还说什么我要是不走她就要跟校长请辞之类的话。我们那个班主任虽然脾气不好，但是在我们那个区还是蛮有名的，很多家长都拼了命要把孩子往她班里送。

这样一来，我成了众矢之的，想不走都不行。我后妈就顺势提出把我送到她老家去，让她爸妈带我，一个月给三百块钱就好。

他们怕我姐反对，费尽心机瞒着我姐。再加上我姐那时候去了新疆，就算知道了也远水救不了近火。就这样，我又一次被送到了一个陌生的地方。

现在想起来，那应该是我人生中最痛苦的日子，我根本就不愿意去回想那段时光，一分一秒都不愿意再想起。我在那个家里就跟用人差不多，挑水，烧饭，洗衣服，什么都得干。他们还美其名曰是为了锻炼我。那时候我正在长身体，常常吃不饱，晚上饿得前胸贴后背，也只能一个人在被窝里偷偷地哭。

有一天我后妈哭哭啼啼地来了，说我爸忽然不见了，谁都找不到他！她妈就问该拿我怎么办，我后妈看我一眼说："我跟了他爸这几年，他爸再不是人，他的女儿我也不能不管啊。妈你就替我再养几年呗，钱我照给。女孩子嘛，再长大点，找个人娶她就是。她长得又不丑，还能赚点彩礼。"

我不信，打电话给我爸，果然是关机。

我很担心我爸出什么事，一个好好的人怎么可能无缘无故就没了。我问我后妈有没有报警,后妈说警察那么多事,没空管我爸。

那年秋天的时候，我亲妈来看过我一次，带着一个我不认识的男人。看到我妈的那一刻我欣喜若狂，以为她终于良心发现要来终结我的痛苦。可谁也没想到我妈只留了一天，临走的时候丢给我一百块钱，告诉我要听话，等她有能力了就来接我回去。我哭着求她带我回去，哭着说哪怕让我跟她在一起再多待一天也是好的，但我妈就是不肯。那个男的还埋怨我："你这孩子这么大了，怎么这么不懂事？"

车子开走了，我追着车子跑，可是我两条腿哪里追得上四个轮子，没跑多远我就摔倒了。我趴在地上哭得惊天动地，没有人理我。哭完了，我站起来默默回了家，回到院子里继续洗一大家子人的衣服。

"这孩子命苦。"我后妈的妈叹口气说。

那天晚上，她破天荒给我煮了猪蹄吃。可是我一口也没吃，我讨厌别人的同情，宁愿守着自己可笑的一钱不值的骄傲。

因为除了它，我一无所有。

春节快来的时候，我终于等来了我姐。当我看到她拎着一个包站在村口大声呼唤我名字的时候，我怀疑自己是在做梦，我等她太久了，上帝怎么可能对我这么好？

所以我站在原地动都没动。

我姐走过来，把神情恍惚的我抱到怀里说："小宁，姐姐带你回家。"

"可是我们没有家。"我说。

"姐姐想办法。"我姐说，"姐姐在哪里，你的家就在哪里。"

"你骗我。"我用力推开她大声吼叫，"你们都不要我了，早就不要我了，我是死是活都不用你们管！"

我姐把我用力拽回她怀里，抱着我紧紧不放，哭得像个泪人儿。奇怪的是，从头到尾，我竟然一滴眼泪都没有流。

姐姐带着我准备去投奔我妈，听说她和那个男的开了家小小的茶叶店，尚可维持生计。但是，从我们下火车起，我妈的电话就再也没打通过，发短信也不回。

除夕夜，我们姐妹俩挤在一个破旧的小旅馆里。姐姐给我买了方便面、鸭爪，还有红薯。我一边吃一边听她跟我讲她打工时遇到的各种有趣的事，也并不觉得有多委屈。小旅馆特别冷，姐姐又跟老板借了一床被子把我裹起来。我让姐姐也钻进被子里来，可是她摇摇头说她不冷，只是不停地看她的手机。

差不多夜里十点钟的时候，有人来敲门。

门一打开，是我妈。

她穿了一件红色的棉袄，头发特别乱，眼睛是肿的，应该是刚刚哭过。见了我俩，她什么也没说，只是伸出手来，摸了摸我的头发，然后就默默坐到了床头。

“我知道你会来的。”我姐说，“不管怎么样，你还是我们的妈妈。”

“你滚吧，看见你就烦！”看着我妈温吞吞的样子，我的气反倒上来了。

我姐拍拍我示意我不要乱说话，又跑去前台给我妈倒了杯热水。我妈接过水，双手捧着水杯，突然就埋下头号啕大哭起来。

那个晚上她一边哭一边只反反复复地说一句话：“妈妈没用，妈妈对不起你们两个。妈妈没用，妈妈对不起你们两个……”

我和我姐都只是坐在床上看着她，没有一个人上去拥抱她。

对于这个从小就丢下我们不管的女人，我的感情很复杂。我知道那不是恨，但也绝对谈不上是爱。在她哭得披头散发的时候，我感觉更多的是恐惧。我对自己说，不管我将来做什么，我死也不要活成她这样，死也不要。

再后来，也不知道我姐跟我妈怎么谈判的，大年初三的时候，我妈终于把我接回了她的家中。令我备感意外的是，我妈家特别大，也很干净。我还可以有一个完全属于我的小房间，简直就是奢侈！

后来我才知道一件特别搞笑的事——我姐居然还要给我妈付房租！而且我的学费、生活费，居然全部都是我姐按月付给她的！

我姐劝我说："你别跟妈闹，妈有妈的难处，你现在小，不懂，长大了就明白了。有个安身之处，把书念完是正经事。"

好吧，就算是看在我姐的面子上，我忍了，但我却无论如何也忍不了我妈的那个男人。那人看上去就不怎么正经，整天嘚嘚瑟瑟地开辆小破车夹个公文包扮阔老板，经常不回家住，也不知道在外面搞什么鬼花样。可我妈却愿意伺候他。一回到家，他就什么也不用做。进门我妈给他拿拖鞋，吃饭我妈给他夹菜，吃完饭还给他弄热毛巾擦脸，搞得他就像我家的皇帝。

更可气的是他还对我指手画脚，说我的学校是他帮忙找的，校长是他的同学，我要是给他丢脸，他一定会给我好看！

凭什么呀，他还真把自己当回事，我爸都没用过这种语气跟我讲话。

也不知道为什么，每当看到他，我就特别想我爸。我们一直都没有他的消息，我担心他死在外面了，如果是这样，那我这辈子就没有叫“爸爸”的机会了。虽然我跟我爸的感情也没那么深，但是想到这个，我还是挺伤心的。

我不喜欢这个男人，平日里当然没什么好脸色给他看。但我万万没想到他竟然是个有家室的男人！有天，我在放学路上看到他陪老婆逛商场的时候，我感觉我整个人都裂了。

他也看见了我，但是却装出一副跟我完全不认识的样子和我擦肩而过。

我在他身后大声地喊了一声：“叔叔！”

他老婆先回的头，问他：“谁呀？”

“不认识，认错人了吧。”他只是匆匆看了我一眼，就拉着他老婆扬长而去。

我跑到我妈的茶叶店，激动地跟她讲述我的所见所闻。谁知道我妈却一把抓住我胳膊很紧张地问：“你有没有乱说话？”

我问我妈：“有又怎么样，没有又怎么样？”

我妈很凶地说:“安小宁你给我记住了，不该管的事你不许管，这些事跟你没关系。”

“你疯了吗？”我朝着她大喊，“你忘了我们的家是怎么没有的吗？你为什么要做同样可耻的事情去拆散人家的家！”

“你才疯了！”我妈瞪了我一眼，迅速地关了店门，压低声音对我说道，“你要多管闲事就给我滚回乡下去！”

我知道她不是说着玩的。在她的心里，我从来都是一个多余的人，一有机会，就会把我清除出局！

“滚就滚！”我真的被她气糊涂了，拉开店门就冲了出去，冲到门口还没忘记回过头对着她骂了三个字，“不要脸！”

她站在阴影里，把手中的抹布用力地扔在地上。

我才发现她的脸比普通人的要长，脸上有很明显的雀斑，下巴却圆圆的，看上去很不舒服，和我儿时记忆中那美丽温柔的妈妈判若两人。我才发现我其实一点儿都不了解她，是的，我们从来都是那样陌生。

我在街上暴走了快两小时，然后打了个电话给吴天有。

吴天有是我们学校最坏的男生，三天两头换女朋友，但我知道他喜欢我。他每天都想“泡”我，有一次在学校的某个角落，他还试图吻我，但是被我拒绝了。爱情这种东西，我没什么兴趣。爱得要死要活又怎么样呢，到头来还不是你背叛我我背叛你。我的亲生父母，早就将这生动的一课言传身教给了我。

吴天有给我带麦当劳来的时候，我已经在天桥上蹲得双足发麻了。

吴天有朝我吹了声口哨：“美女，很巧啊。”

我坐在天桥上，接过他递过来的鸡翅和土豆泥，风卷残云般地吃了个干净。

他说：“安小宁，我才发现，你一点也不淑女。”

我说：“你饿一天试试？”

他说："干吗要饿一天，你难道要减肥吗？其实你不用减肥，你又没胸。"

我听他这么说突然觉得心里好难过，刚吃下去的东西差一点吐出来。我知道我难过的并不是他说我没胸什么的，我难过的是我竟然为了几根鸡翅就出卖了自己，跟我压根不喜欢的男生在人来人往的天桥上说这些没脸没皮的话。

我问他："吴天有，你能带我去大连吗？"

"干吗？"他看上去有点紧张。

"我想去找我姐。"我说，"我想我姐了。"

"现在去不行，"他说，"逃课要被记大过，放假了带你去。"

"你不是什么都敢吗？"我有点失望。

"我爸妈都不在家，你今晚跟我回家，我明天就陪你去大连！"他笑嘻嘻地看着我说道。

我不相信他。

男人都是不可靠的。我才不傻，他要的是什么我心里清楚得很。

我当然没有跟吴天有回家，但是他一直送我到我家小区的门口。那时候天已经黑了，小区外面路灯也坏了，黑乎乎的一大片。我站在墙根跟吴天有说再见，身后飘来莫名其妙的花香。他靠近我油嘴滑舌地说："你看夜色这么浪漫，月光这么温柔，我可不可以吻你一下，就一下下？"

我还没来得及反应，他就已经吻到我了。说真的，当时我整个人都被吓蒙了，连反抗的力气都没有了。等他终于放开我，我能做的唯一一件事，就是往他脸上狠狠地吐了一口唾沫。而且我吐得特别准，正中他的鼻尖。

他伸手抹掉，冲我乐了一下，脸上是那种藏也藏不住的得逞后的得意。

我恨恨地看了他一眼，转身飞快地跑掉了。

我家住在七楼，没有电梯，每次回家都爬得快要断气。我在一楼黑漆漆的楼道里坐了差不多一个多小时，才算稍微平复了一下心情，鼓起勇气爬楼回家。

推开家门，我发现那个男人坐在沙发上，正跷着腿一边喝茶一边看电视，而我妈正在弯腰拖地。

他们都没有理我。不过我也习惯了，我也不想理他们。

我还没走到我房门口，就听见那男的跟我妈说：“限你三天内把她送走！”

我妈没说话，只是拖地。

他又说：“她给我惹了大麻烦，非要让她吃点教训。没教养的小孩，天多高地多厚统统不晓得！”

我冲过去指着他说：“限你一分钟从我家消失！”

“你家？”他站起来，光脚站在地板上冲我吼叫，“你要不要问问你妈这到底是谁的家？要不要我给你看看房产证上写的是谁的名字？我告诉你，我让你住你就能住，我不让你住你马上就得给我滚蛋！”

我看看我妈，不相信他说的是真的。

我妈丢下拖把，走过来用力地把我往房间里推。

那男的还在不依不饶地叫嚣 :“别他妈不识相，要不然就把这些年你欠我的统统算清，然后咱俩一了百了！”

令我瞠目结舌的是，我妈竟然放开我，转过身，当着我的面，在客厅的地板上给那个男的咚的一下跪下了。

后来我回想起来，我人生中度过很多绝望的日子，但没有哪天比那一天更令我感到绝望和冰冷。我看着跪在客厅中央潮湿地板上的那个女人，整个人像被活生生塞进了零下一百度的大冰柜，全身上下没有一个细胞可以动弹。还有比这更残忍的事吗？不过短短数小时，我就这样相继被人夺去初吻、尊严、安全感以及活下去的所有欲望。

那天晚上，我去了吴天有的家。

他家住在别墅区，那个小区大得要死，我找了很久才找到。他拉开门看到我的时候，得意地笑了，然后伸手把我拉了进去。

我跟他说 :“我要去大连。”

他靠近我说 :“大连有什么好玩的？”

他一直把我拉进了他的卧室，那个卧室可真大啊，我家整个加起来估计才跟它一般大。房间里放了两台电脑，都显示着游戏界面，墙上挂着音响，桌上堆满了零食。

我说 :“像网吧。”

吴天有说 :“我这可比网吧高级！”

“你爸妈真宠你。”我说，“他们不管你学习吗？”

“你学习也不咋样，可别瞧不起我。”吴天有说，“我知道你为什么来。因为你怀念我刚才的那个吻，你就是一个贱人。”

我笑了笑，对自己说不能发火，我没有达到目的，绝不能发火。

吴天有又靠近我说：“你知道不，骂你贱人是喜欢你。安小宁，我真的很喜欢你。”

“你要是真喜欢我，就借钱给我，让我去大连。”我差不多算是求他了。

“好的。”吴天有说着，伸手抱住了我。

他身上有种特别奇怪的味道，让我想吐。可是我依然拼命忍着，等着他答应我的要求。谁知道这时候他说了一句话：“茶叶店阿春的女儿，果然有劲。”

茶叶店阿春，是我妈。

我用力推开了他。

他皮笑肉不笑地说：“你妈在这一带很有名，你很快也会跟你妈一样的。”

“你什么意思？”我问他。

他说：“你妈是个贱人，你也是。”

我抡起他床边的铁罩子台灯就去砸他。不知道是不是当时我的表情太过吓人，他那么一个大男人，居然不敢跟我打，而是抬起屁股就往外跑。我跟在他后面追，台灯准确无误地砸在他的后脑勺上。

他重重地倒在地板上。

我蹲下来，不停地尖叫，尖叫，再尖叫。我在心里喊，警察快来，快点来带我走，判我死刑，给我解脱。

也不知道过了多久，有人拍了拍我的肩膀，我抬起头来，看到吴天有。他一只手摸着后脑勺，另一只手递给我几百块钱，有气无力地说："算了，安小宁，我不想跟你计较了。你拿了钱，想干什么干什么去吧。"

我犹豫了一小下，抢过他手里的钱，落荒而逃。

当天晚上，我踏上了去大连的火车。火车很慢，一点都不着急地往前开。我好不容易睡着了却又做噩梦，梦见我爸爸拿着刀追吴天有，把刀扔向他的脑袋，吴天有的脑袋被劈成了两半。

醒来的时候，我发现我全身都湿透了，好像在发烧。我觉得我真的离死不远了，死之前，我没有什么想法，只想去看看我最亲爱的姐姐。

快到大连的时候，我借邻座大叔的手机给我姐打了个电话。我姐在火车站接到浑身汗透的我。她告诉我，我妈找不到我都快发疯了。我说怎么可能，她从来都没有爱过我，除了给我丢人，她什么都没为我做过。

我姐在大街上甩了我一耳光。

后来，我姐把我领到她住的地方——地下室的一间小屋，挤了十几个女孩子。屋子里唯一有空的地方，挂满了她们的衣服。我感觉自己连个落脚的地方都没有。见我脏得要死，我姐把我带到公共浴室去洗澡。可是那里有那么多人，我扭扭捏捏，怎么都不肯脱掉我的衣服。

“要么生病，要么洗澡！”我姐说，“你只能选一个。”

我来不及回答，我姐已经粗鲁地替我把衣服扒掉了。

我狼狈地和我姐站在水龙头下面，感觉全世界的眼光都在看着我。我姐一边替我搓背一边对我说：“姐再舍不得钱，来澡堂的钱也是要花的。小宁，你记住了，女孩子永远都要干干净净。”

我背对着我姐，抹去脸上所有的水，眼泪倔强地不往下掉。

我在姐姐那里住了好几天，姐姐能陪我的时间很少。为了挣钱养我，她一共打了三份工，住在最差的地方，吃最差的饭菜，攒下来的每一分钱都寄回去给我妈。

在我离开的前一天晚上，姐姐终于抽出空来带我去看海。海真大啊，无边无际。月亮升起来的时候，我抬头看天，觉得世界比我想象中要大好多好多，我以前纠结的那些事，竟然全都变得不再是事儿。

姐姐笑着说：“我最喜欢这片海，每次觉得再也撑不下去的时候，我就来这里坐坐，看看星星，吹吹海风。我对自己说，就算不是公主，我也要做这个世界上最骄傲的灰姑娘！”

姐姐一边说，一边站了起来，伸开双臂闭上眼睛深呼吸。虽然觉得她这个动作很矫情，像言情电视剧里的女主角，但我还是不由自主地跟着她做了起来。

“小宁，你听好了。”我姐说，“咱爸不是消失了，是欠了别人的钱，被关进去了。他老婆也带着他儿子嫁给别人了。只有咱妈一直偷偷在帮他还钱。咱妈可能有很多事都做得不对，但是在对爸爸这件事情上，她让我刮目相看。以前不告诉你这些，是怕你承受不了。现在，你是时候知道这些了。”

原来，故事的背后，竟然有这么多的故事。

原来，我一直不齿的，其实是这人世间最宝贵的真情。

“姐。”我说，“你独自承受这么多，从不觉得苦吗？”

“不苦的。”我姐说，“心里有盼头，就不觉得苦。我就想你能有个安稳的家，咱妈能脱离那个男人，咱爸能早点回来。虽然我们的家早就散了，但是在姐姐心里，它一直都在。”

我抱住姐姐呜呜大哭。我知道，哭不能解决任何问题，我发誓这是我最后一次哭泣。我以后不会再做生活的胆小鬼，我也要像姐姐一样，哪怕面对人生蜂拥而至的难题，也要凭自己的努力和坚强，一点一点慢慢地去解决。

姐姐，那些岁月欠你的幸福，我终究会还给你的。相信我。

雪漫印象

因为工作太忙，我无法抽身，夏令营停办了一年。今年重办，工作人员都埋怨我把年龄门槛设置得太高，很多等了一年的孩子因为十八岁的上限而无法参加。小宁的报名信第一句话就坦白自己刚刚过了十八岁生日，但她还是想来。

“我的家庭格外复杂，有很多同龄人都对我说，如果她们是我，要不毁了，要不就不活了。所以，我一直很好奇我现在为什么还‘好好活着’。”她简短的信勾起了我对她的好奇，我想她一定是个有故事的姑娘，所以我对栾栾说，叫她来。

夏令营报到那天赶上厦门下雨，她是由姐姐送来的。我们都对她的姐姐印象极深——一身黑色长纱裙，女神范儿十足。小宁站在她姐姐身边，长长的马尾绑在后面，看起来是个安静乖巧的女孩子，似乎与“问题少女”不沾边。

她一直很安静，这种安静让她显得有点儿不起眼，甚至，有那么点儿不太合群。这种不合群在鼓浪屿一日行的时候显现出来。因为风景区人多，我们特意强调孩子们要统一穿夏令营的营服以防走散。到了集合那天，小宁是唯一一个没按规定穿营服的。她穿了时尚的小短裙，配上大框墨镜，仿佛姐姐附身。

工作人员把营员们分成了五个小组，嘱咐大家不能离组单独活动，可刚一解散小宁就不见了。栾栾找到我，一副快急哭的样子。

“雪漫姐，怎么办？我打电话问了所有人，都说没看到她。这姑娘平时不声不响，原来这么不省心。”

我安慰她说：“你放心，肯定没事。”

栾栾还是担心，上天入地终于把她找到了，她支支吾吾解释说是人多走散了。但事后我了解到，是小宁自己擅自离队的。我发现了这个姑娘的谎言，但觉得无伤大雅。

那天之后，她就成了“重点关注对象”，栾栾时刻关注着她，生怕她又失踪。在度假村的小木屋里，我与她单独聊天。她睡了一个下午，见到我的时候格外精神，滔滔不绝。这确实与工作人员给我反馈的信息相差甚远。

“她们都说你很慢热。”

“我慢热也是分人的。我来这里就是为了跟你聊天，要是还羞羞答答，不是有病吗？”

她这份坦率把我逗乐了。在跟她聊天中我又笑场了一次，因为她眉飞色舞地跟我说：“爸妈离婚的时候都不要我，我就被送到一户人家寄养，那年我才五岁。我知道要是被送去就永远回不来了，就直接跟那户人家说，你们真的要收养我？我长大后不会孝敬你们的，我是个没良心的人。他们听了差点没气死，当晚就把我送了回去。”

当晚在玩心理游戏的时候，我们让营员在纸上写自己最重视的人和事物，然后一个一个划掉，划掉的意思代表永远失去。

别的孩子写的都是“爸爸”“妈妈”“好朋友”“闺蜜”……只有她写了“钱”。

游戏继续，最后大家的纸上还剩两个选项。小宁剩下的是“钱”和“姐姐”。

我静静等着她的答案，看到她犹豫了很久，然后闭上眼把“钱”划掉，留下了“姐姐”。

“姐姐很厉害，很要强，脾气很差，但是，我很爱她。”她父母几乎没管过她，她是靠姐姐长大的，她说她的梦想是自己变得强大，让姐姐不再那么辛苦。

闭营那天，我让营员们相互抱抱，然后告别，小宁突然走到栾栾面前，说：“其实我知道你们都不喜欢我。”

其实她知道自己给别人添了麻烦。后来栾栾偷偷跟我说，小宁对她说那句话的时候，她就喜欢上了这个姑娘。“而且，我也根本没有讨厌过她呀。”栾栾很后悔自己没有亲口把这句话告诉小宁。

夏令营的最后一天，小宁的女神姐姐来接她。我发现跟开营那天不同，小宁站在她姐姐身边其实丝毫不逊色，不同于姐姐张扬的美，小宁的美是安静但有力量的。

小宁心中有一个明星梦，我相信她会实现，至少，她会成为像她姐姐那样出色的女人。她跟我说，她很喜欢栾栾在开营那天说的一句话：

如果有梦，就勇敢去做。

饶雪漫

作家、编剧

十四岁开始写作，著有六十余部作品，有“文字女巫”之称，是当之无愧的青春文学领军人物，作品多次登上全国畅销书榜。

代表作：

《左耳》《沙漏》《离歌》《雀斑》《那些女生该懂的事》等

扫一扫，

分享你的读书心得，看看同爱这本书的人都在聊什么。

关注“果麦麦的好书博物馆”，每天推送一本好书，

90 秒体验阅读快感，看编辑大大各显神通，

为你定制专属书单。

52 赫兹的回声

产品经理 | 袁舒舒　　责任印制 | 刘　淼

书籍设计 | 付诗意　　出 品 人 | 吴　畏

图书在版编目（CIP）数据

52 赫兹的回声 / 饶雪漫著. — 济南 : 山东文艺出版社, 2019.9

ISBN 978-7-5329-5880-1

Ⅰ. ①5… Ⅱ. ①饶… Ⅲ. ①短篇小说—小说集—中国—当代 Ⅳ. ①I247.7

中国版本图书馆 CIP 数据核字（2019）第 129750 号

52 赫兹的回声

52 HEZI DE HUISHENG

饶雪漫 作品

主管单位　山东出版传媒股份有限公司
出版发行　山东文艺出版社
社　　址　山东省济南市英雄山路 189 号
邮　　编　250002
网　　址　www.sdwypress.com

读者服务　0531-82098776（总编室）
　　　　　0531-82098775（市场营销部）
电子邮箱　sdwy@sdpress.com.cn

印　　刷　天津丰富彩艺印刷有限公司
开　　本　880mm×1230mm　1/32
印　　张　6.5
印　　数　1 ～ 7,000
字　　数　128 千
版　　次　2019 年 9 月第 1 版
印　　次　2019 年 9 月第 1 次印刷
书　　号　ISBN 978-7-5329-5880-1
定　　价　39.80 元